W0174655

Gerald Eichenauer

Vakanzentänzer

 PRINCIPAL VERLAG

Der Autor:

Gerald Eichenauer wurde 1954 in Darmstadt geboren. Er studierte Rechtswissenschaft in Mainz und legte dort auch beide juristischen Staatsprüfungen ab. 1983 trat er in den Bundesdienst ein und war dort in verschiedenen Dienststellen einschließlich eines Bundesministeriums tätig. Zuletzt arbeitete er als Personal- und Organisationschef in einer großen Bundesanstalt. Eichenauer ist Vater von zwei Kindern und lebt mit seiner Frau und zwei Katzen in Bonn.

Für Barbara, Monika und Hannes

INHALT

KAPITEL 1: EINSTIEG   11

KAPITEL 2: BAHNSTEIG 3   12
Vorstandsinformation

KAPITEL 3: GESUND FÜHREN   25
Personalratsbeschwerde

KAPITEL 4: IM BEITRITTSGEBIET   35
Überprüfung

KAPITEL 5: TOILETTENGANG   46
Alkoholmissbrauch

KAPITEL 6: VORGESETZTE   57
Umgang mit Kritik

KAPITEL 7: VAKANZENTÄNZER   73
Förmliche Verpflichtung

KAPITEL 8: BERNS UND DIE DEUTSCHEN   84
Sonderurlaub

KAPITEL 9: LEBENSKAMPF   102
Anlassbeurteilung

KAPITEL 10: EINSCHÄTZUNGEN   115
Ermahnung

KAPITEL 11: KRANZSPENDE   123
Richtlinie Kranzspende

KAPITEL 12: LINIE 66 131
Abmahnung

KAPITEL 13: INTERREGIO 141
Urkundenwahl

KAPITEL 14: AUSSTIEG 147

Kapitel 1

Einstieg

Keine Region hat Matthias Berns so geprägt wie der Landstrich zwischen Mainz und Köln, zwischen den Rheinkilometern 498 im Süden und 688 im Norden. Geografisch ein Stückchen Oberrhein von Mainz bis zur Nahemündung in Bingerbrück, der anschließende Mittelrhein bis Bonn und dann noch ein Stück Niederrhein bis Köln.

Jahr für Jahr ist der Rheinstrom Berns ständiger Begleiter seiner Bewegungen links- oder rechtsrheinisch, mit Pkw, Eisenbahn, per Fahrrad oder auch zu Fuß.

Begleiter und gleichgültiger Beobachter von Berns' Treiben Tag für Tag.

Lassen wir uns darauf ein, an einem dieser Tage teilzuhaben.

Die der folgenden Erzählung zugrunde liegenden Ereignisse finden in der Hauptsache zwischen Koblenz und Bonn statt.

Kapitel 2

Bahnsteig 3

Matthias Berns steht auf dem ewig zugigen Bahnsteig Gleis drei des Bonner Hauptbahnhofes. In Erwartung des IC, Abfahrt 7.14 Uhr, nach Koblenz. Der Himmel grau, leichter Nieselregen. Kein Maiwetter. Feuchte Kühle. Der Hochspannungsmast von Gleis vier starrt herüber, als ob er sich bei der nächsten günstigen Gelegenheit auf ihn stürzen wolle. Berns' Blick streift über seine Mitfahrer. Viele bekannte Gesichter – die meisten Berufspendler.

Er freut sich, dass Fred Feuerstein bereits da ist. Fred Feuerstein, einer der Spitznamen, die Berns nach jahrelanger IC-Schicksalsgemeinschaft dem einen oder anderen Mitreisenden zugedacht hat.

Da gibt es zwar keinen Barney Geröllheimer, dafür eine Sissi, eine Mona Lisa, eine weibliche Prinz-Eisenherz-Ausgabe mit dunklem Pagenkopf, einen Professor Doktor Weißwas, einen Erich Honecker und schließlich den kleinen Mann mit permanent saurer Miene, den Berns Bitterzwerg getauft hat.

Fred Feuerstein kann Berns von allen am wenigsten ausstehen. Ein Meter neunzig groß, recht breit, Bulldoggenvisage, der malmende Gorillaunterkiefer pausenlos in Kaugummizerstörung begriffen, Hände und Füße wie von einer üblen Naturlaune missgestaltete Schaufeln.

Dennoch freut sich Berns sehr, ihn auf dem Bahnsteig zu sehen. Fred Feuerstein fährt immer bis nach Mainz durch. Er gehört zu der neuen Menschengattung, die ständig online ist. Er ist deshalb über jede Zugverspätung oder Umleitung auf dem Laufenden. Seine Anwesenheit garantiert also die Pünktlichkeit des Zuges, seine Abwesenheit kann bedeuten, dass Berns schon auf der Hinfahrt Probleme bekommt. Für den empfindsam – ja fast autistisch – veranlagten Berns bedeutet Verspätung eine ungeheure Störung, ja eine Katastrophe für seinen ziemlich festgetackerten Tagesablauf.

Der Zug rollt langsam mit geringer Geschwindigkeit ein. Berns und andere Pendlerprofis haben längst ihre Startpositionen eingenommen. Der bevorzugte Einstiegspunkt, Gleisabschnitt C in Höhe des Wartehäuschens, verspricht in der Regel einen guten Sitzplatz, wenn nur endlich einmal zügig ausgestiegen würde.

Natürlich sind nicht gerade flache Trittsprossen mit großen Abständen zu bewältigen, aber viele der Aussteigenden trödeln doch zu sehr.

Und da ist es wieder, dieses Mädchen mit der Gehbehinderung. Mit schuldbewusstem Lächeln in seinem schmalen hübschen Gesicht lässt es sich, an die Haltestange geklammert, schwerfällig die Treppe hinunter.

In den Mienen der einstiegsbereiten Fahrgäste beobachtet Berns eine merkwürdige Mischung aus Mitleid, Anerkennung für die Tapferkeit des Mädchens, gepaart mit Enttäuschung und Verärgerung über den Tempoverlust bei der Eroberung eines bevorzugten Platzes und damit die verminderte Ausnutzbarkeit ihrer mühsam erarbeiteten Poleposition. Berns fasziniert dieser Widerstreit jedes Mal aufs Neue.

Das Mädchen bewegt sich weiter langsam die Stufen hinunter. Normalerweise wird ihr jetzt irgendeine helfende Hand entgegengestreckt, um sie bei der Überwindung der letzten Sprosse zu unterstützen. Manchmal wirkt das Ganze allerdings eher wie ein ungeduldiges Herauszerren. Hat das Mädchen dann endgültig den Zug verlassen und die Bahn frei gemacht, atmen alle erleichtert auf. Mit größter Eile wird jetzt endlich der Zug geentert.

Auch Berns wird von diesem Strudel erfasst. Nach über zehnjährigem Pendeln von Bonn nach Koblenz und zurück glaubt er sich – mehr als alle anderen – zu einer komfortablen Unterbringung berechtigt. Dass vereinzelt trödelnde Aussteigende maulen, an denen er sich vorbeidrängelt und schiebt, verunsichert ihn nicht; dass ihn aber einer der zur Seite Gedrängten mit »Arschloch« tituliert, stört ihn ziemlich.

Berns, der in ähnlichen Situationen im Regelfall erst nach gefühlten 10 bis 15 Minuten Bedenkzeit wirksam kontern kann, hat urplötzlich eine helle Minute und erwidert: »Angenehm, mein Name ist Berns.«

Mit dieser Replik ist Berns bei den namentlich und berufsmäßig bekannten Mitfahrern, die er deshalb nicht mit Spitznamen belegen muss, der morgendliche Held des Bahnsteiges. Biologieprofessor Kolb-Göttersen, Richter am Landgericht Gersch, Verwaltungsjuristin Pauly und nicht zu vergessen der Meteorologe Dr. Püschel freuen sich, als wären sie für seinen Erfolg mitverantwortlich. Selbst der stocksteife und trockene Oberstaatsanwalt Köhler, der sonst nie lacht, deformiert sein fahles Beamtengesicht zu etwas wie einem schiefen Grinsen.

Berns jedenfalls ist mit sich und der Welt zufrieden. Der Weg zu seinem Arbeitsplatz beginnt ausgesprochen gut. ›The day is my enemy‹ läuft heute nicht.

Über der Rheinstrecke Frühdunst. Waschküche, Dampfbad. Anstatt sich nun wie gewohnt in der halben Stunde Zugfahrt durch Schlaf zu stärken, bleibt Berns aktiv und vertieft sich in die von ihm vorzulegenden Unterlagen für ein sündhaft teures Führungskräftespezialtraining mit mehrstündigem Einzelcoaching. Berns weiß, dass dieses Coaching nicht etwa zur Behebung möglicher persönlicher Defizite angesetzt wurde, sondern als eine Art Belohnung für besonders verdiente Beschäftigte gilt, und ist seinem Vorstand – und das hat Seltenheitswert – einigermaßen dankbar. Er ackert also sein Papier nochmals durch.

Matthias Berns

Unterlagen für die Coaching-Maßnahme ›On top‹

Lebenslauf

Am 7.7.1959 wurde ich, Matthias Berns, als Sohn des ordentlichen Professors der Physikalischen Chemie Doktor Fritz Berns und der Bankkauffrau Margarete Berns, geborene Teichmann, in Darmstadt (Hessen) geboren.

Von 1966 bis 1971 besuchte ich die Volksschule in Darmstadt und Bickenbach (Bergstraße). Im Jahr 1971 wechselte ich auf das Gymnasium Schuldorf Bergstraße in Seeheim-Jugenheim und erwarb 1978 das Zeugnis der Hochschulreife.

Von Juli 1978 bis Juni 1979 leistete ich meinen Grundwehrdienst als Panzergrenadier ab.

Zum Wintersemester 1979/1980 immatrikulierte ich mich an der Johannes Gutenberg-Universität in Mainz für das Fach Rechtswissenschaften.

Im März 1985 bestand ich die erste juristische Staatsprüfung vor dem Justizprüfungsamt beim Oberlandesgericht Mainz. Das Wahlfach war Arbeitsrecht.

Ab Mai 1985 war ich Rechtsreferendar im Bezirk des Oberlandesgerichts Mainz mit Stationen beim Landgericht Bad Kreuznach, bei der Staatsanwaltschaft Koblenz, bei der Kreisverwaltung des Kreises Alzey-Worms, bei der Stadtverwaltung Bingen und bei der Rechtsanwaltssozietät Prof. Dr. Schonauer, Waldecker

& Partner. Im September 1987 legte ich meine zweite juristische Staatsprüfung vor dem Landesjustizprüfungsamt Rheinland-Pfalz in Mainz ab. Das Wahlfach war wiederum Arbeitsrecht.

Seit 1987 bin ich in den verschiedensten Verwendungsbereichen und Funktionen beim Bundesbetrieb für Infrastruktur tätig.

Von 1990 bis 1993 war ich in dem für diesen Geschäftsbereich zuständigen Bundesministerium für Bauen, Infrastruktur und Wohnungsfürsorge tätig.

Von 2001 bis 2008 leitete ich eine größere Niederlassung mit über 600 Mitarbeitern.

Seit September 2008 stehe ich infolge einer Organisationsänderung nur noch dem Personal- und Organisationsbereich der Niederlassung Koblenz des Bundesbetriebes für Infrastruktur vor.

Die weiteren Angaben erfolgen aufgrund der Zusage des Vorstandes, diese lediglich den an der Coaching-Maßnahme unmittelbar beteiligten Mitarbeitern Ihres Unternehmens zugänglich zu machen und die vorgelegten Unterlagen nach Abschluss des Lehrgangs unverzüglich und vollständig zu vernichten. Sollten diese Vorgaben oder der ebenfalls zugesagte vertrauliche Umgang mit den Angaben zu meiner Persönlichkeit verletzt werden, behalte ich mir juristische Schritte gegen Sie vor.

Auch wenn von der Mehrzahl der ehemaligen Niederlassungsleiter die Einführung des neuen Spartensystems unter Wegfall ihrer Position als Gesamtverantwortlicher als Degradierung empfunden wurde und mir damit nur noch die Leitung eines Personal- und Organisationsbereiches verblieb, hatte ich persönlich mit der Einschränkung meines Zuständigkeitsbereiches keine Probleme. Zudem konnte durch die Ernennung zum sogenannten Niederlassungsbeauftragten (Koordinator für die Lösung von spartenübergreifenden Niederlassungsfragen) der Reputationsverlust nach außen erheblich vermindert werden.

Ich kann auf die zusätzliche Facharbeit (Liegenschaftsverwaltung und -verwertung) gut verzichten, da ich nun die Möglichkeit habe, mich auf meine Kernkompetenzen zu konzentrieren. Diese liegen eindeutig im Personalbereich. Ich habe in den vierundzwanzig Berufsjahren im Betrieb stets die Personal- und Organisationsarbeit favorisiert, weil ich mich intensiv für Menschen interessiere. Die meisten Kolleginnen und Kollegen, die mich näher kennen – und ich am wenigsten –, können sich eine anderweitige fachliche Orientierung kaum vorstellen. Wenn ich androhe, wegen der immer größeren Individualisierung unserer Gesellschaft und einer zunehmend stärkeren allgemeinen Entwicklung zur Egomanie von der fortlaufend schwieriger werdenden Personalarbeit in die Facharbeit zu wechseln, stoße ich auf generelles Unverständnis.

Organisationsfragen unterfordern mich eher, deshalb kann ich in diesem Bereich überdurchschnittliche Ergebnisse vorweisen. Im Gegensatz zur herrschenden Lehrmeinung bin ich der Auffassung, dass die Organisation in vielen Fällen ohne Weiteres vom vorhande-

nen Personalkörper bestimmt werden muss, die Organisation also fallweise – entgegen der Meinung vieler Theoretiker – ›Hure des Personals‹ sein muss.
Im Grunde bereitet mir trotz aller Widrigkeiten meine gegenwärtige Arbeit nicht unerhebliche Freude.

Selbstbild/Selbsteinschätzung

Ich glaube, dass ich eine sehr gute Führungskraft bin, weil ich Menschen genau einschätzen kann und damit zur Lösung der vielseitigen Problemstellungen, die die tägliche Personalarbeit mit sich bringt, außerordentlich befähigt bin.

An folgenden Schwächen arbeite ich:

Trotz meiner südhessischen Herkunft bin ich von einer schlesischen Mutter zu einem Übermaß an preußischem Pflichtgefühl erzogen worden.

Bei Nichterreichen der mir von mir selbst und von außen gesetzten Ziele reagiere ich mit Selbstzweifeln und Schuldgefühlen, m. E. ein Produkt meiner Erziehung.

Suizidgedanken habe ich hingegen nie gehegt.

Ich reagiere zu sensibel darauf, wie ich von außen gesehen und beurteilt werde.

Ich werde zu gern gelobt und geehrt.

Ich neige dazu, harmlose sachliche Kritik auf die emotionale Ebene zu transformieren und sie als Kritik an meiner Person zu verstehen.

Ich sage ungern (und nicht gegenüber jedem): »Das war mein Fehler.«

Ich übernehme Verantwortung für Probleme, für die eigentlich andere verantwortlich sind.

Ich will perfekter sein, als ich je werden kann.

Bei Absolvierung eines von allen Beteiligten als ›äußerst hart‹ eingestuften, dreitägigen Führungskräftetests mit Einzelinterviews, Assessment-Center und computergestützter Erhebung von Fragekatalogen zu soziopsychologischen Problemstellungen (Teilnehmer: Führungskräfte aus Bundesverwaltungen, Bundesbetrieben und der freien Wirtschaft) habe ich als Zweitbester von zwölf Teilnehmern abgeschnitten.

Die Auswertung der Maßnahme ergab die folgenden positiven Feststellungen:

- hohes Maß an Zielorientiertheit

- hohe soziale Kompetenz

- gute Adressatenorientierung

- uneingeschränkte Vorbildfunktion

- Überzeugungskraft

- ausgeprägte Veränderungsbereitschaft
  und Veränderungsfähigkeit

- hohes Initiativpotenzial

(Die beiden letzten Komponenten wurden – um bei der Wahrheit zu bleiben – von Berns kurzerhand ergänzt.)

Die Auswertung der Maßnahme ergab nur eine negative Feststellung:

– unfaires Zweikampfverhalten

Dieser Einschätzung will ich nicht widersprechen, denn sie spiegelt meine Persönlichkeitsstruktur zum Testzeitpunkt exakt wider. Zur Rechtfertigung erlaube ich mir jedoch folgende Anmerkung: Damals hatte ich die Position des Niederlassungsleiters noch nicht erreicht. Ich befand mich also in einem Konkurrenzkampf mit mir zum Teil an Berufserfahrung, Fachkenntnissen, und das bemerke ich hier ganz offen und selbstkritisch, an Intelligenz überlegenen Gegnern. Ich war von jeher der Auffassung, dass man sich Fairness leisten können muss. Das war zu diesem Moment nicht der Fall.

(An dieser Stelle hat Berns die kritische Feststellung, er handle zu wenig aus Eigeninitiative, einfach unterschlagen.)

MOTIVATION FÜR DIE COACHING-MASSNAHME

Für mich war und ist Lernen ein lebenslanger Prozess. Ich gehe davon aus, dass der von Ihnen konzipierte Lehrgang mir dabei hilft, meine Potenziale vertieft zu analysieren und mich dabei unterstützt, meine Schwächen zu minimieren und meine Stärken zu optimieren.
Für Rückfragen stehe ich Ihnen selbstverständlich zur Verfügung.

Bonn, im Mai 2015
Matthias Berns

Schon jetzt gefällt Berns das eine oder andere seines Konvoluts nicht mehr so gut, da ist sicher noch Luft nach oben. Er verspürt aber keinerlei Lust, etwas daran zu ändern. Zudem weiß er, dass jede verbessernde Korrektur die Gefahr in sich birgt, an anderer Stelle Verschlechterung zu bewirken.

In Koblenz spuckt der IC seine menschliche Ladung aus, in der Hauptsache Berufspendler aus Köln und Bonn.

Geodäten, Diplomagronomen, Betriebswirte, Ingenieure, Meteorologen, leider nur wenige Juristen. Wie jeden Morgen bietet sich das gleiche Bild. Ein Außenstehender würde fragen: »Ist denn heute Wandertag?«

Die typische Gutmenschenuniformierung: Sneaker, Mephisto-Gesundheitsschuhe, Jeans, Cordhosen, Jack-Wolfskin-Jacken, Rucksäcke. Es fehlen nur die Nordic-Walking-Stöcke. Keine Schirme, gegen Regen sind Kapuzen und in der Regel ziemlich dümmlich wirkende Kappen vorgesehen. Armleuchter müssen scheinbar die Hände frei haben. Selten mal ein Anzug mit Krawatte oder ein schickes Kostüm; das sind dann allerdings in der Regel Juristen, Bänker oder Unternehmensberater. Der Pendlerstrom ergießt sich über Roll- und Bahnsteigtreppe Richtung Ausgang.

Die sneakerbeschuhten Füße voreinander setzend eilen die Pendler mit großen, raumgreifenden Schritten ihren Arbeitsplätzen zu. Berns sieht vor sich eine wogende Masse von Rucksäcken, Tornistern, Ranzen. So ähnlich muss der Rückzug Napoleons mit seiner Grande Armee nach der Eroberung und Niederbrennung von Moskau von hinten ausgesehen haben, spottet er in Gedanken. Ab in eure Silos, vorher an die Stechuhr! So individuell gekleidet werdet ihr euch sicher leichttun, kreativ zu wirken. Aber übertreibt es bitte nicht.

Und dann sieht er sie: Frau Staatsanwältin Spohr. Graues Kostüm, weiße Bluse, Pumps, schicke abgestimmte Handtasche, eine Augenweide nicht nur für ihn. Noch ist der Morgen nicht verloren.

So betritt Berns eine Viertelstunde später gut gelaunt seine Dienststelle. Wir sehen uns gezwungen, an dieser Stelle anzumerken, dass dies selten genug der Fall ist. Daher erhebt sich die berechtigte Frage: Bleibt das so?

Warten wir in aller Ruhe ab.

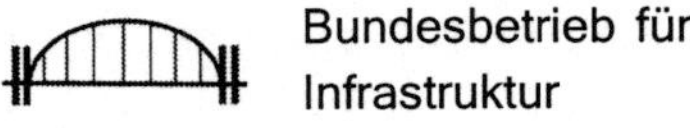

Bundesbetrieb für
Infrastruktur

Bonn, den 24.04.2015

Der Vorstand informiert

Liebe Mitarbeiterinnen und Mitarbeiter,

viele von Ihnen werden kürzlich den fünfteiligen Fernsehfilm ›Die Affäre Bernauer‹ im Deutschen Fernsehen verfolgt haben. Die Handlung dieses Filmes war u. a. geprägt von einem Szenario des Bundesbetriebes für Infrastruktur, das an Klischees, die teilweise bis ins Absurde reichten, nicht zu übertreffen war. Das gilt sowohl für die Beschreibung der Bediensteten unseres Bundesbetriebes und für deren räumliche Unterbringung als auch für die gezeigten Verfahrensabläufe. Diese mussten beim unbefangenen Betrachter den Eindruck erwecken, der Bundesbetrieb bestehe nur aus notorischen Kaffeetrinkern, deren einziges Ziel es ist, Bürger und Kunden über den Tisch zu ziehen, ja sogar persönlich zu erniedrigen.

Gegen eine satirische Darstellung unseres Betriebes oder unserer Beschäftigten ist sicher nichts einzuwenden – auch wir können über uns selbst lachen –, aber diese Grenzen wurden weit überschritten. Es wurden bestehende Vorurteile bestätigt bzw. neue erzeugt.

Wir dürfen Ihnen versichern, dass wir dieses Zerrbild unseres Bundesbetriebes und der einzelnen Beschäftigten ausdrücklich missbilligen. Wir können in diesem Zusammenhang nur das wiederholen, was wir bereits mehrfach betont haben: Die Beschäftigten des Bundesbetriebes für Infrastruktur und deren Angehörige genießen in der Politik, in der Wirtschaft und bei der Bevölkerung ein hohes Ansehen, das Sie sich alle redlich erarbeitet haben.

Bitte treten Sie anders lautenden, durch ›Die Affäre Bernauer‹ provozierten Stimmen weiterhin durch Ihr einwandfreies persönliches Auftreten gegenüber Bürger und Kunden und durch Ihr faires dienstliches Handeln entschieden entgegen, dann wird die Affäre nur eine sehr kurze bleiben.

Klaus Wiedergang   Dr. Lena Tröster   Dr. Werner Kluge

Kapitel 3

Gesund führen

Personalratsbeschwerde

In seinem Dienstzimmer angekommen, wartet schon die von seiner Vorzimmerdame, Frau Gersdorf, liebevoll zubereitete halbe Kanne Kaffee auf ihn. Berns schenkt sich seinen schwarzen Humpen, Aufschrift: ›Der Chef hat immer recht‹ voll, gibt Kaffeesahne (12 % Fett) hinzu und beginnt sofort mit der Arbeit. Also wer ist denn überhaupt da? Sein Vertreter, Oberregierungsrat Kleemann, nicht. Der wird nämlich als Führungskraft geschult. Er besucht das Seminar ›Gesund führen‹.

Die Seminarbeschreibung lautet wie folgt:

Führungskräfteschulungen
Seminar Modul FK 135
Gesund führen

Führungskräfte haben durch ihr Verhalten und ihre Entscheidungen entscheidenden Einfluss sowohl auf die Gesundheit als auch auf die Leistungsfähigkeit ihrer Beschäftigten.

Es werden Strategien zur Sicherung der Work-Life-Balance und zur Burn-out-Vorbeugung entwickelt.

Zielsetzung:

Verstehen der Voraussetzungen für gesundes Arbeiten und Leben.

Erkennen der Zusammenhänge zwischen dem eigenen Verhalten und der Gesundheit der geführten Beschäftigten.

Kennenlernen der Grundsätze zum gesunden Führungsverhalten.

Erlernen von Grundregeln zum Umgang mit Beschäftigten in schwierigen Lebenssituationen.

Berns hat die Akte Norbert Seiler auf dem Bock. Der Vorgang ist gerade frisch reingekommen. Berns mag druckfrische Vorgänge. Sie wirken auf ihn naiv und unschuldig wie frisch gefallener Schnee. Die alte Verwaltungspraxis, nach der ein Vorgang erst gut abgehangen sein muss, ist ihm wesensfremd.

Der Verwaltungsarbeiter Seiler ist als ziemlicher Stinkstiefel verrufen, der keine Situation auslässt, den Bundesbetrieb runterzumachen. Geistiges Potenzial von extremer Übersichtlichkeit. Diesmal hat er einen Kollegen angemacht. Berns hat das Jagdfieber gepackt. Der Montagmorgen hält also ein besonderes Geschenk bereit, um ihm den Tag schmackhaft zu machen! Sein Killerinstinkt ist geweckt. Er wird gestaltend eingreifen.

Allerdings reicht das Fehlverhalten bedauerlicherweise nicht für eine außerordentliche Kündigung aus. Berns wird ihm in Vorbereitung einer späteren Kündigung eine Abmahnung hinknallen, die sich gewaschen hat. Das Maß ist jetzt nämlich endgültig voll. Die rote Marke ist erreicht. Das Schwein ist schlachtreif.

Obwohl die Erstellung einer Abmahnung weit unter dem Schwierigkeitsgrad der üblichen Aufgaben von Berns' Hierarchieebene liegt, macht er sich gleich an die Arbeit. Man gönnt sich ja sonst nichts. Außerdem möchte Berns die Abwesenheit seines Vertreters ausnutzen, der zwar fachlich über jeden Zweifel erhaben ist, in solchen Fällen manchmal gerne Gnade vor Recht ergehen lässt. Obwohl streng evangelisch, ist Kleemann aufgrund jahrzehntelanger Personalerfahrung mit allen Wassern gewaschen.

Berns witzelt: »Mit allen Wassern getauft.«

Kleemann lässt jedenfalls ähnlich wie Berns nichts anbrennen. Als verantwortlicher Personaler kann er letztendlich nicht ständig mit dem Grundgesetz unterm Arm herumlaufen. Nach außen hin strahlt er dennoch – und das durchaus zu Recht – ein hohes Maß an Ehrlichkeit, Aufrichtigkeit und Glaubwürdigkeit aus. Kleemann wirkt so anständig und zuverlässig, dass Berns sich vergleichsweise schmutzig vorkommt. So lässt er gegenüber Kleemann in der Tat keine Gelegenheit aus, einen vermeintlichen Verdacht von Leichtfertigkeit und Unzuverlässigkeit zu zerstreuen. Ob diese Anstrengungen überhaupt nötig sind, vermag Berns nicht zu beurteilen. Über solche Fragen sprechen die beiden nicht. Nach über zehnjähriger erfolgreicher Zusammenarbeit hält Berns die Erörterung solcher Themen sogar für schädlich; für irgendwie viel zu privat. Er will ja mit Kleemann keine Familie gründen. Im Übrigen hat Berns – man kann es glauben oder lassen – in seinen fast dreißig Berufsjahren immer den Eindruck eines Ehrenmannes erwecken können.

Ein weiterer Grund für Berns' Handanlegen: Er will handwerklich nicht einrosten; dazu ist der eine oder andere Einsatz auf Sachbearbeiterniveau nicht nur von Nutzen sondern auch dringend geboten.

Er diktiert – stöhnend unterbrechend für Aktenstudium, Vorschriftenrecherche und Ausformulierung besonders treffender Textpassagen – in natürlich klarer juristischer Sprache und nicht etwa im trockenen Kanzleistil wie folgt:

Kopf: Bundesbetrieb für Infrastruktur Niederlassung Koblenz
Aktenzeichen: OP 135419
Ansprechpartner: Herr Berns

Sehr geehrter Herr Seiler,

hiermit erteile ich Ihnen eine schriftliche Abmahnung aufgrund Ihres Fehlverhaltens am 07.05.2015. An

diesem Tag haben Sie gegenüber Ihrem Kollegen Herrn Michael Korf in Ihren Aufenthaltsräumlichkeiten auf der Liegenschaft Koblenzer Berg die Äußerung getätigt, er solle mit seinem ›pädophilen Gehabe‹ aufhören, nachdem er Sie aufgefordert hatte, einen leeren Karton nicht stehen zu lassen, sondern diesen abzuräumen.
In einem Personalführungsgespräch am 11.05.2015 wurde Ihnen in Anwesenheit von Regierungsamtsfrau Schäfer, dem stellvertretenden Betriebsmeister Herrn Claudio Rösch und dem betroffenen Herrn Korf Gelegenheit gegeben, sich zu diesem erhobenen Vorwurf zu äußern. Sie haben die Aussage nicht bestritten, gaben jedoch an, dass Sie nur ein falsches Wort benutzt hätten; Sie meinten stattdessen ›infantil‹. Weiterhin führten Sie aus, dass im Bereich des Liegenschaftspersonals bereits seit Längerem persönliche Diskrepanzen herrschen und Sie sich des Öfteren Sprüche gefallen lassen müssten. Beispiele dazu benannten Sie nicht, bzw. Sie wollten auf das in der Vergangenheit Vorgefallene nicht näher eingehen. Es bleibt jedoch festzustellen, dass Sie Ihre Äußerung weder bedauern, noch dass Sie bereit sind, sich für die Bezeichnung von Herrn Korf als ›pädophil‹ bzw. ›infantil‹ zu entschuldigen. Durch den mit Ihnen geschlossenen Arbeitsvertrag erwachsen sowohl dem Arbeitgeber als auch dem Arbeitnehmer Rechte und Pflichten aus dem Arbeitsverhältnis. Zu den allgemeinen Pflichten des Arbeitnehmers gehört gemäß § 41 des Tarifvertrages für den öffentlichen Dienst – besonderer Teil Verwaltung – die Pflicht, die geschuldete Leistung gewissenhaft und ordnungsgemäß auszuführen.

Beim Wort ›gewissenhaft‹ gerät Berns ins Stocken. Es erscheint ihm zu abgedroschen, fast als Leerformel.

Der Jurist sagt: »Ein Blick ins Gesetz fördert die Rechtskenntnis.«

Berns sagt: »Ein Blick in ›Sag es treffender‹ (ein Handbuch mit 25.000 sinnverwandten Wörtern und Ausdrücken für den täglichen Gebrauch in Büro, Schule und Haus) ermöglicht die geschliffenste Formulierung.«

Obwohl er ein Vielleser ist und den Unterschied zwischen Hendiadyoin, Pleonasmus und Tautologie draufhat, bedient er sich immer wieder dieser Hilfe. Im Internet hat er jedenfalls nichts Vergleichbares gefunden. ›Gewissenhaft‹ ist als eine dritte Variante bei ›zuverlässig‹ eingeordnet. Das Handbuch bietet außerdem sorgsam, sorgfältig, pflichtgetreu, präzis, pünktlich, prompt, verlässlich, vertrauenswürdig, unverdächtig und weitere zwölf Begriffe an. Berns gefällt das alles nicht, er bleibt bei gewissenhaft.

Ein anderes Handbuch ›Reden für jeden Anlass‹ (Baujahr 1980!) hilfreich untergliedert in Kapitel wie Trauerreden, Reden im Familien- und Freundeskreis, Reden im öffentlichen Dienst, Feste auf dem Land (!) usw. hat Berns inzwischen weggeschmissen. Er benötigt so etwas nicht mehr. Nach fast dreißig Jahren Führungs- und Repräsentationserfahrung, dabei auch als sogenannter ›Grußaugust‹, kann man Berns nachts um zwei Uhr wecken und er legt in einer knappen Viertelstunde eine perfekte Rede hin. Dabei ist es ziemlich egal, ob zum Anlass eines Dienstjubiläums, einer Beförderungsfeier, einer Geburtstagsfeier oder gar einer Beerdigung. Dies sei nur am Rande bemerkt.

Er fährt jetzt mit dem Diktat wie folgt fort:

Dies beinhaltet gleichzeitig, sich so zu verhalten, wie es von Angehörigen des öffentlichen Dienstes erwartet wird. Beschäftigte im öffentlichen Dienst haben Aufgaben des Staates zum Wohl der Allgemeinheit wahrzunehmen. Dieses bringt mit sich, dass an den öffentlichen Dienst und seiner Angehörigen – ohne

Rücksicht auf den Status im Einzelfall – erhöhte Anforderungen an Pflichtbewusstsein und Verhalten gestellt werden.

Durch diese erhöhten Anforderungen wird unter anderem Ihr Grundrecht nach Art. 5 Abs. 2 des Grundgesetzes auf freie Meinungsäußerung eingeschränkt, soweit durch die Ausübung der Betriebsfrieden gestört wird. Im Übrigen erhält das Grundrecht der Meinungsäußerungsfreiheit eine Einschränkung im allgemeinen Persönlichkeitsrecht des Erklärungsempfängers, im vorliegenden Fall also des Herrn Korf.

Was ist los mit Berns, kommt er jetzt auch noch mit dem Grundgesetz? Schießt er mit Kanonen auf Spatzen? Ist ihm endgültig der Gaul durchgegangen? Er diktiert, immer hemmungsloser werdend, weiter:

Die von Ihnen gegenüber Ihrem Kollegen ausgesprochenen Worte ›pädophil‹ (auf Kinder vor der Geschlechtsreife gerichtetes sexuelles Interesse) und ›infantil‹ (kindlich, in der Entwicklung stehen geblieben) sind abträglicher Art und nicht einem gegebenenfalls üblichen legeren Umgangston unter Kollegen zuzurechnen. Vielmehr stellen diese Worte einen persönlichen Angriff dar. Sowohl subjektiv durch Herrn Korf als auch objektiv werden derartige Bekundungen als ehrverletzend und beleidigend empfunden. Darüber hinaus sind sie im besonderen Maße geeignet, das Betriebsklima (im Sachgebiet) negativ zu beeinträchtigen.

Dieses Verhalten verstößt gegen die aus dem Arbeitsverhältnis erwachsende Pflicht des erwartungsgemäßen Verhaltens. Die Pflichtverletzung wird ausdrücklich missbilligt und nicht geduldet. Ich fordere Sie daher auf, derartige Äußerungen, die geeignet sind, den Betriebsfrieden zu stören, bzw. die Ehre anderer zu verletzen, zu unterlassen. Im Wiederholungsfalle behalte ich mir vor, weitergehende arbeitsrechtliche Schritte einzuleiten.

Ein Abdruck dieser Abmahnung wird Ihrer Personalakte im Unterordner D zugefügt. Das Tarifrecht sieht hierbei keine Tilgungsfristen vor, dennoch erkläre ich mich einverstanden, dieses Schreiben nach drei Jahren (nach Aushändigung) aus Ihrer Personalakte, Unterordner D, zu entfernen und zu vernichten, sofern zwischenzeitlich keine Verfehlung der aufgezeigten Art mehr auftreten. Ein zeitgerechter Antrag Ihrerseits ist nicht erforderlich. Die Entfernung wird nach drei Jahren von Amts wegen vorgenommen.

Mit freundlichen Grüßen

(Berns) <u>OP 1000/ OP 1203</u>

2. Herrn Seiler persönlich ausgehändigt am:
3. OP 13002 bitte in Personalakte aufnehmen

Voll auf die Zwölf! Das hat gesessen! Das ist gelungen! Berns hat nicht nur eine Duftmarke gesetzt, er konnte wieder einmal seine juristische Definitionsschärfe unter Beweis stellen. Und außerdem: Jetzt weiß zumindest der liebe Herr Seiler, was Berns unter gesundem Führen versteht.

Gäbe es eine Ästhetik des ›Feuerns‹ so wäre er sicherlich berufen, diese Kunstform weiter zu kultivieren.

Wenn Berns sich selbst öffentlich bedauert, was recht oft vorkommt, führt er Typen wie Seiler gerne an. Ein Prozentsatz von knapp 5 % der Bediensteten in seinem Zuständigkeitsbereich würden 50 % seiner wertvollen Arbeitskraft binden. Diese fehlten ihm dann, um sich um die große Mehrzahl der anständigen Bediensteten zu kümmern.

Wir nehmen das Berns nicht ganz ab, wissen wir doch, dass gerade diese 5 % in Berns' täglicher Arbeit das Salz in der Suppe sind und Berns' Arbeitsalltag ohne Unruhestifter, Arbeitsverweigerer und Krankmacher ziemlich fade wäre.

Jedenfalls hat ihm der ›Frühsport‹ gutgetan. Wir dagegen machen uns ernsthafte Sorgen: Will Berns etwa den ganzen lieben langen Tag mit Sachbearbeitertätigkeiten verplempern? Diese Frage zu stellen, heißt sie schon beantwortet zu haben. Natürlich nicht! Größere Taten werden zu folgen haben.

Nachtrag: Unglücklicherweise hat sich Seiler nach der Abmahnung merklich zurückgehalten. Berns' Vorhaben, ein weiteres Fehlverhalten mit einer Kündigung zu ahnden, konnte deshalb leider nicht in die Tat umgesetzt werden.

Routine: Personalratsbeschwerde

Der Personalrat

im Bundesministerium für Bauen,
Infrastruktur und Wohnungsfürsorge

Herrn Bundesminister
für Bauen, Infrastruktur
und Wohnungsfürsorge

Klaus Schmitz-Andernach

1014 Berlin, 2. März 2015

Sengestraße 9-11

Telefon: (030) 3018481-4239
Telefax: (030) 3018481-4291

– Der Vorsitzende –

Gesch.-Z.:1011-9/03

Sehr geehrter Herr Minister,

der Personalrat wendet sich heute an Sie in einer Angelegenheit, die die Außendarstellung des Hauses und seiner Bediensteten betrifft.

Herr Staatssekretär Doktor Eisenhaus hat an der Universität Mainz am 17. Februar 2015 eine Rede zum Thema ›Die öffentlichen Verkehrswegestrukturen im Wandel Europas – Finanzenkonsolidierung, Privatisierung‹ gehalten. Diese Rede ist im Internet (auf der Homepage des BMBIW) und im Intranet des BMBIW im Wortlaut veröffentlicht worden.

Ein Teil dieser Rede – ich zitiere:

Immer sind wir aber mit unseren Maßnahmen nicht erfolgreich gewesen: Die Einführung der Stechuhr war für die angestrebte Produktionsverbesserung ein Flop.

Die Leistungsträger haben jetzt häufiger als vorher zum Überstundenausgleich einen freien Tag. Andere erfreuen sich an dem neu eingeführten Sonderangebot des Kantinenpächters: Morgens ganz früh schon – natürlich nach der Zeiterfassung – Frühstück mit Zeitung zum Vorzugspreis. Wir werden wohl prüfen müssen, ob sich das wieder ändern lässt. –

hat bei einem großen Teil der Hausangehörigen Empörung hervorgerufen. Abgesehen von dieser persönlichen Betroffenheit vieler Bediensteter, die sich hier zu Unrecht negativ glossiert fühlen, ist der Personalrat der Auffassung, dass Äußerungen dieser Art dem Ansehen des BMBIW in der Öffentlichkeit schaden, zumal sie ausgerechnet auf den eigenen Internetseiten des BMBIW für die interessierte Öffentlichkeit dargestellt werden. Sie entsprechen auch nicht dem vom Leitbild des BMBIW eingeforderten Verhalten eines Beamten in einer Führungsposition.

Wenn nach Auffassung eines leitenden Beamten des Hauses die zwischen Verwaltung und Personalvertretung vereinbarte <u>absolut</u> <u>zeitgemäße</u> Arbeitszeitregelung ein Flop ist, sollte die Diskussion darüber nicht in der Öffentlichkeit geführt werden.

Wir bitten Sie, zu veranlassen, dass die Rede aus der Veröffentlichung herausgenommen wird.

Der Personalrat und ein großer Teil der Hausangehörigen erwarten, dass sich Herr Staatssekretär Dr. Eisenhaus für seine Äußerungen entschuldigt.

Mit freundlichen Grüßen

Herbert Menten
(Vorsitzender)

Kapitel 4

Im Beitrittsgebiet

Überprüfung

Berns hat jetzt etwas Zeit, seinen Vortrag über das allgemeine Gleichbehandlungsgesetz (AGG) vorzubereiten.

Neu eingestellte Beschäftigte sind zu unterweisen, damit sie draußen keinen Bockmist machen und durch Gesetzesverstöße Schadenersatzansprüche gegen den Betrieb provozieren. Er blättert gelangweilt in einer von der Zentrale bereitgestellten Powerpointpräsentation. Sie erscheint ihm zu ausführlich. Langer Rede, kurzer Sinn: Benachteiligungen wegen Rasse oder ethnischer Herkunft, Religion oder Weltanschauung, Behinderung, Geschlecht, sexueller Identität oder Alter werden geahndet. Ausgewählte Entscheidungen deutscher Gerichte zum Antidiskriminierungsrecht werden mitgeliefert. Berns hat keine Lust über Kopftücher, anonyme Bewerbungen, Altersgrenzen für Piloten und Feuerwehrmänner zu diskutieren. Er wird drei kitzelige, aber auch interessante Fälle vortragen und mit dem Auditorium Lösungen erarbeiten.

Erster Fall:

Kündigung im Alter von 28 Jahren – Kündigungsfrist nach § 622 Abs. 2 BGB

Die Klägerin ist seit ihrem 18. Lebensjahr bei der Firma als Angestellte beschäftigt. Sie ist 28 Jahre alt. Ihr wird gekündigt. Die Kündigungsfrist richtet sich nach 622 Abs. 2 BGB nach der Beschäftigungsdauer. Zeiten, die vor Vollendung des 25. Lebensjahres liegen, werden nicht berücksichtigt. Die Kündigungsfrist beträgt daher 1 Monat. Bei 10 Jahren Beschäftigung hätte sie 4 Monate betragen.

Benachteiligung wegen des Alters?

Ja, die nationalen Gerichte müssen sicherstellen, dass auch Zeiten, die vor der Vollendung des 25. Lebensjahres liegen, bei der Ermittlung der Kündigungsfrist berücksichtigt werden.

EuGH, Urteil vom 19.01.2010 C-555/7

Zweiter Fall:

Erzieherin/Sportlehrerin/Sozialpädagogin gesucht

Das staatliche S-Gymnasium sucht für sein Mädcheninternat eine Erzieherin/Sportlehrerin/Sozialpädagogin.

Herr A bewirbt sich für diese Stelle. Seine Bewerbung wird nicht berücksichtigt.

Benachteiligung wegen des Geschlechts?

Urteil: Nein, weil die neue Stelleninhaberin auch Nachtdienste im Mädcheninternat leisten muss, ist die Ungleichbehandlung sachlich gerechtfertigt. Der Umstand, dass dies nicht in der Stellenausschreibung erwähnt war, steht dem nicht entgegen.

BAG, Urteil vom 28.05.2009 8 AZR 536/08

An der Stelle ›Nachtdienste‹ plant Berns eine anzügliche Bemerkung. Er weiß noch nicht welche, wird sich aber rechtzeitig etwas einfallen lassen.

Dritter Fall:

Sogenannter ›Ossi-Fall‹

Die Klägerin B hat sich vergeblich auf ein Stellenangebot eines Unternehmens beworben. Sie erhält die Bewerbungs-

unterlagen zurück mit dem handschriftlichen Vermerk:
Ossi (–) DDR

Benachteiligung wegen ethnischer Herkunft?

An dieser Stelle wird sich Berns erkundigen, ob Hörer aus dem Beitrittsgebiet stammen. Ist dies der Fall, wird er die Frage zuerst von diesen beantworten lassen.

Urteil: Nein, die Bezeichnung ›Ossi‹ unterfällt nicht dem Begriff ethnischer Herkunft.

ArbG Stuttgart, Urteil vom 15.04.2010 17 Ca8907/09

Berns will dazu erläuternd vortragen:

Unter ethnischer Herkunft werden Kriterien wie Abstammung, Hautfarbe, nationaler Ursprung, Volkstum erfasst, wie zum Beispiel Sinti, Roma, Russlanddeutsche, Türken, Sorben, aber nicht: ›Ossi‹ oder ›Wessi‹.

In solchen Situationen muss Berns an seine sechsmonatige Aufbauarbeit in Gera zurückdenken.

Die Zeit war eigentlich gar nicht so schlecht. Viel Arbeit, viel Alleinsein im positiven Sinne (Berns kommt endlich mal zu sich selbst), leider viel zu viel Alkohol. Dennoch, durch die nur Wochenendehe ist das Verhältnis zu seiner Frau so gut wie selten.

Jeden Montag 9:00 Uhr Chefgespräch beim Oberlandespräsidenten. Teilnehmer vier Abteilungsleiter, zwei für die Landesabteilungen, zwei für die Bundesabteilungen einschließlich Berns, der die Präsidentenstellung der Bundesabteilung für Infrastruktur stellvertretend für den schwer erkrankten Kollegen Händel einnimmt. Alle stammen aus dem Westen.

Der Oberlandespräsident ist ›janusköpfig‹, er regiert seine vier Abteilungen stiernackig und kompromisslos zu 50 % als Landes- und zu 50 % als Bundesbeamter. Gesichtsausdruck: dauerempört.

Berns, neu in der Runde, ist nervös, angespannt und unsicher. Er muss sich unbedingt auf diesem Posten bewähren, um weiterzukommen. Jetzt bloß keinen Fehler machen!

Die Terminierung auf 9:00 Uhr hat der Oberlandespräsident gewählt, um die Präsidenten zu zwingen, bereits sonntags anzureisen (Vorbildfunktion), aber auch deshalb, um auf dem neuesten Stand zu sein, da er montagnachmittags regelmäßig beim zuständigen Staatssekretär der Landesregierung ›vorsingen‹ muss.

Ein Abteilungsleiter – der aus Düsseldorf – fliegt hingegen erst Montag früh ein, selbst wenn er dafür um Viertel vor vier aufstehen muss. Er tut dies aus prinzipiellen Gründen, er lässt sich seinen Anreisetag nicht von einem selbstherrlichen Despoten vorschreiben. Von so viel Kühnheit und Kaltschnäuzigkeit ist Berns an diesem Montagmorgen Quantensprünge entfernt.

Die Stimmung nervös, knisternd von gereizter Unausgeschlafenheit. Erstes Thema: Neue Umlaufmappen in einem schrecklichen Orange sind aufgetaucht. Die Farbe ist so fürchterlich, dass dem Oberlandespräsidenten die Augen brennen. Diese Umlaufmappen sind mittlerweile in den gesamten Geschäftsbereich der Direktion eingesickert.

Wer hat diesen blöden Quatsch nur veranlasst? Berns ist plötzlich hellwach, präsent. Hat er doch eine feine Witterung dafür, wenn es ihm an den Kragen gehen soll. Alle drei Präsidenten und der teilnehmende persönliche Referent des Oberlandespräsidenten verweisen natürlich auf ihn, den Neuen, der aufgeregt in seinen Unterlagen blättert. Er erkennt, man wird hier seine helle Freude mit den Kollegen haben. Man wird ihn bei jeder sich bietenden Gelegenheit mitleidlos in die Pfanne hauen.

Ausgerechnet der ›Persönliche‹ behauptet sogar, den ersten Infektionsherd in Berns' Abteilung festgestellt zu haben. Die drei Präsidenten glauben Ähnliches bemerkt zu haben. Wer solche Kollegen hat, braucht keine Feinde! Berns verspricht mit zitternder Stimme, der Sache unverzüglich nachzugehen. Darum möchte der Oberlandespräsident auch dringend gebeten haben, zumal, wenn er sich recht erinnere, die Geschäftsordnung für Laufmappen nur die Farben grau (normaler Vorgang), rot (eilt), gelb (eilt sehr) vorsieht. Berns kann das Ende der Besprechung kaum abwarten und folgt dem weiteren Verlauf nur mit halbem Ohr.

Zurück in seiner Abteilung bestellt er sofort die zwei leistungsfähigsten weiblichen Beschäftigten zu sich, soweit er solche nach so kurzer Zeit identifizieren kann. Er benötigt jetzt Spitzenkräfte, denn mit halb garem Entlastungsvorbringen kann er den Alten und seine abnorme Runde nicht satt machen. Wenn Berns in diesem Zusammenhang den Oberlandespräsidenten unter ›der Alte‹ subsummiert, ist dies beileibe nicht als positive Wertung zu verstehen. Er denkt dabei nicht etwa an Lichtgestalten wie Erik Ode in ›Der Kommissar‹ oder Jürgen Prochnow in ›Das Boot‹, die selbstverständlich über alle Zweifel erhaben sind. Nein, er verbindet das Wort – situationsbedingt – mit Starrheit, Fantasielosigkeit und Mangel an Flexibilität. Ja, mit Grausamkeit.

Mit Grausamkeit? Ist das nicht ein bisschen zu dick aufgetragen?

Durchaus nicht! Alten und Kindern wird sprichwörtlich nicht umsonst nachgesagt, grausam zu sein.

Warum beauftragt er ausgerechnet zwei Frauen?

Warum denn nicht? Berns' Abteilung ist schließlich mit rund 80 % von Frauen besetzt, was sich nach seiner Meinung überaus positiv auf die Arbeitsergebnisse auswirkt, obwohl gelegentliche ›Zickenkriege‹ die Erfolge schmälern.

So schlecht kann seine Auswahl nicht gewesen sein, denn bereits am Nachmittag präsentieren die beiden stolz das Ergebnis ihrer Ermittlungen. Die sorgfältigen Recherchen haben ergeben, dass die orangen Umlaufmappen vom

Präsidialbüro (verantwortlich ausgerechnet der ›Persönliche‹!) bestellt wurden. Und dazu in einer Stückzahl von zehntausend! Im Übrigen ergab die Durchsicht der umfangreichen, gut strukturierten Geschäftsordnung keine Hinweise auf Farbvorgaben.

Berns triumphiert. In der nächsten Montagsrunde präsentiert er gelassen und ohne jegliche Häme (die behält er vorerst für sich) das Ergebnis. Ja, er geht sogar noch weiter und entschuldigt das ›Versehen‹ des persönlichen Referenten mit »Das kann ja jedem mal passieren.« Dabei weiß er genau, dass solche Bemerkungen den jetzt schon ›im Dreieck springenden‹ Oberlandespräsidenten zusätzlich reizen. Dieser verbittet sich auch sofort wutentbrannt, die ungeheuerliche Schlamperei zu banalisieren.

Hinweise auf die Lücke in der Geschäftsordnung lässt Berns tunlichst weg, um seinen Sieg nicht unnötig zu schmälern. Fairness muss man sich schließlich leisten können. Diese Entwicklungsstufe hat Berns längst nicht erreicht, ja, wird sie sicherlich nie erreichen. Der Oberlandespräsident ist mehr als aufgebracht. Wahrscheinlich hat Berns dem ›Persönlichen‹, dessen Stuhl seit einiger Zeit wackelt, den letzten Fangschuss ins Out gegeben. Verdient hat es der intrigante Schleicher jedenfalls.

Seit diesem Vorfall hat der Oberlandespräsident Berns in sein Herz geschlossen. Er fragt sogar in dem einen oder anderen Fall außerhalb von Berns' Zuständigkeit nach dessen Meinung. Berns gönnerhaft am Arm gepackt, erkundigt er sich beispielsweise, ob bei gleich qualifizierten Bewerbern Frauen oder Schwerbehinderten der Vorzug zu geben ist. Berns ist in solchen Fällen um männlich witzige Antworten bemüht, weiß er doch genau, dass diese beim Oberlandespräsidenten ›ziehen‹. So entgegnet er auf die Frage trocken: »Bei uns gilt Krückstock schlägt Eierstock.« Er erzeugt dadurch nicht nur brüllendes Gelächter, sondern auch kameradschaftliches Schulterklopfen. Ebenso der an-

geblich von Bill Cody (Buffalo Bill) stammende Ausspruch:
»Wer die Wahrheit sagt, sollte ein schnelles Pferd reiten«
kommt prima an.

Berns gilt für den Oberpräsidenten jetzt also nicht nur
als kompetent, sondern darüber hinaus als Mann mit Humor. Alles in allem ein guter Start.

Es bleibt nicht lange witzig und lustig. Dazu kennen wir
Berns' Vita mittlerweile zu gut.

Er denkt unwillkürlich zurück an die deprimierenden
Freitage, an denen die ›Gauck-Akten‹ (Akten des Bundesbeauftragten für die Unterlagen des Staatssicherheitsdienstes der ehemaligen Deutschen Demokratischen Republik
(BstU)) eintrafen und zu behandeln waren. Berns war immer wieder erstaunt, wie viele und vor allem welche der
neuen Kollegen als informelle Mitarbeiter für das Ministerium für Staatssicherheit gearbeitet haben. Die Akten müssen akribisch geprüft werden. Die Identität des Belasteten
mit der des Beschäftigten ist festzustellen. In Zweifelsfällen
werden Schriftbildvergleiche vorgenommen.

Danach die Gespräche mit den Betroffenen. Begleitet
von seinem treuen Regierungsrat aus der Oberpfalz (›Auf-
steiger‹). Protokollierungen. Entsetzen, oft Tränen, nach so
langer Zeit nicht davongekommen zu sein. Das Unrecht oder
vielleicht nur den Irrtum, durch Bewährung getilgt zu haben. Berns oft unsicher, gespalten in seiner Einschätzung,
hält sich streng an die Vorschriften, was er sonst nur in Aus-
nahmefällen tut. Diese, ihn sonst behindernd, werden nun
plötzlich zum stützenden Korsett.

Berns hält es für einen Riesenfehler, dass sich Wessis
gerade in diesem empfindlichen Bereich Entscheidungskom-
petenzen anmaßen. Wir sind schließlich keine Besatzungs-
macht. Sein Lösungsvorschlag: Überlasst das den Ossis, wir
werden die näheren Umstände nie restlos kapieren. Jedenfalls wird so sein Aufenthalt im Osten, sonst eine lupenrei-
ne Erfolgsstory, auch zur unangenehmen Erinnerung. Ein

wenig Trost spendet, dass er in allen Fällen Aufhebungsverträge abschließen kann, statt durch Kündigung die Sperrfrist für den Bezug von Arbeitslosenunterstützung auszulösen.

Um zurück in der Heimat seine ›Erzählungen vom Krieg‹ unterlegen zu können, sammelt Berns fleißig Andenken.

Besonders stolz ist er auf zwei Werke oder besser Handbücher über Kaderarbeit, die er hat mitgehen lassen. Zum einen *Leiter Kollektiv Persönlichkeit*, ein Handbuch vom ›Verlag Die Wirtschaft Berlin‹. Zum anderen *Kaderarbeit als Voraussetzung qualifizierter staatlicher Leitung* aus der Reihe *Der sozialistische Staat* vom ›Staatsverlag Der Deutschen Demokratischen Republik‹. Berns ist total hingerissen von dem für ihn exotischem Vokabular wie Staatsfunktionär, Kaderarbeit, Kollektiv oder Werktätige, Volksmassen, sozialistische Gesetzlichkeit.

Beide Exemplare sind auf dem Buchrücken mit einem hässlichen heftpflasterartigen Klebeband versehen; dort ist mit Tintenstift eine Ziffernfolge vermerkt. Auf den Deckblättern befinden sich Stempel ›Gästehäuser des Ministerrates für Berlin, Johannisstr. 20/2‹. Um die Authentizität der Bücher nicht infrage zu stellen, verzichtet Berns im Gegensatz zu seiner sonstigen Praxis bei Komm-mit-du-frierst-Aktionen auf das Heraustrennen.

Er ersteht in Chemnitz, das zu seinem Zuständigkeitsbereich gehört, zwei Biergläser mit Stadtwappen und dem Aufdruck Chemnitz/Karl-Marx-Stadt. Leider stopft seine Frau die Gläser später ziemlich lieblos in die Spülmaschine. Der Aufdruck ist in kürzester Zeit verschwunden.

Er sammelt Laufmappen (keine orangefarbenen!) mit exotischen Aufdrucken wie Direktion Erfurt, Direktion Cottbus, Nebenstelle Chemnitz, Ortsverwaltung Suhl.

Mit all diesen Trophäen will er punkten, wenn er wieder im Westen ist. Seine neu erworbene Erfahrung durch Öffentlichkeitsarbeit quasi versilbern.

Jetzt zurück zu Berns' Vortrag über das allgemeine Gleichbehandlungsgesetz. Berns hat noch ein tolles Beispiel auf der Pfanne. Es geht um sogenannte ›AGG-Hopper‹ oder Scheinbewerber. Die wollen den ausgeschriebenen Job nicht wirklich bekommen. Ihnen geht es vielmehr um kleinere Fehler in Stellenausschreibungen, die sie als Diskriminierungsindizien verwenden können. Haben sie dann eine Absage erhalten, wenden Sie sich an ein Arbeitsgericht und verlangen eine Entschädigung.

Berns war fast einmal selbst reingefallen, als er einen Volljuristen, der das Anforderungsprofil der Stellenausschreibung erfüllte, aber fünf (absichtliche) Schreibfehler in seinem Bewerbungsanschreiben (auf einer halben Seite!) platziert hatte, nicht zum Vorstellungsgespräch eingeladen hatte. Der Bewerber, der sich mit dieser Masche wohl einen lukrativen Nebenverdienst oder sogar ein Haupteinkommen sichern wollte (Schadensersatz drei Monatsgehälter), arbeitete allerdings zur Aufwandsminimierung mit Textbausteinen. Als er dann durch Unaufmerksamkeit im späteren Klageverfahren gegen den Bundesbetrieb einen auf die Allgemeine Versicherungsanstalt gemünzten Absatz einbrachte, erboste das den Richter (zu Recht!) so, dass dieser die Klage wegen eines belanglosen Formfehlers abwies. Berns hatte also noch einmal Glück gehabt.

Vorsicht ist deshalb immer geboten bei unvollständigen Bewerbungsunterlagen oder offensichtlichen formellen Fehlern. Wachsamkeit bei Minder- oder Überqualifikation für eine Stelle oder unangemessenen oder provokanten Formulierungen. Auch eine zu hohe Bereitschaft zu Einkommenseinbußen oder übertriebene Vergütungsvorstellungen müssen Verdacht erregen.

Das alles wird Berns in seinen Vortrag einflechten. Wir glauben uns schon jetzt darauf festlegen zu können, dass dieser gelingen wird.

Bundesbetrieb für
Infrastruktur
Niederlassung Gera

Bundesbetrieb für Infrastruktur, Postfach120970, 07545 Gera

<u>Einschreiben</u>

Bundesministerium für Bauen,
Infrastruktur und Wohnungsfürsorge
Rheinstraße 9
53133 Bonn

Postfach 120970

07545 Gera

Geschäftszeichen: VI 11b

(bitte stets angeben)

Tel.-Durchwahl	Vermittlung	Bearbeiter	Zimmer	Datum
(0365) 3117-129	3117-1	Frau Arnold	206	28.08.1992
Telefax				
(0365) 3117-101				

Rohentwurf

Betreff: VA Otto Roggensack Niederlassung Gera

Bezug: Erlass vom 03.01.1992 P O 2 – P 2130 – 159/91 und
23.03.1992 P O 2 – P 2130 – 42/92 zur

Berichterstatter: RAR Winter

Anlagen:

Stellungnahme des Bundesbeauftragten, eingegangen am
20.08.1992

Stellungnahme des VA Roggensack vom 26.08.1992

Ein Band Personalakten

Auf meine Anfrage hat die ›Gauck-Behörde‹ die als Anlage beige-
fügte Stellungnahme abgegeben. Herr Roggensack ist zu den Ausführungen gehört worden. Seine Darlegung hierzu lege ich ebenfalls vor.

Aus den von der ›Gauck-Behörde‹ vorgelegten Unterlagen, insbesondere dem Abschlussbericht vom 15.01.1968, ist ersichtlich, dass

Herr Roggensack nur auf Anforderung und widerwillig Informationen an das MfS gegeben hat, Treffs nicht einhielt und in seiner politischen Einstellung als ›bürgerlich‹ eingeschätzt wurde. Er galt als unzuverlässig.

Hervorzuheben ist, dass Herr Roggensack gegenüber dem MfS schriftlich seine Ablehnung zur Zusammenarbeit zum Ausdruck gebracht hat. Die spätere Vermietung eines Raumes seiner Wohnung an das MfS war nach seinen Angaben durch Kontaktaufnahme des Staatssicherheitsdienstes mit seiner Frau zustande gekommen. Er habe die Verpflichtung lediglich mit unterschrieben und in der Überlassung eines Raumes nichts Unrechtes gesehen. Da er seine Kontakte nie als ›Mitarbeit‹ empfunden habe, sei von ihm im Personalfragebogen unter Abschnitt 3.2 auch ›Nein‹ angekreuzt worden.

Bei aller Sachkompetenz in seiner dienstlichen Tätigkeit hat sich Herr Roggensack doch bisher als ein Mann von eher schlichter, naiver Wesensart gezeigt, sodass die von ihm gegebene Erklärung seines Verhaltens als durchaus glaubwürdig eingeschätzt werden kann.

Herr Roggensack wurde zum 01.01.1992 auf Anregung des Herrn Ministerialrat a. D. Dr. Mistel – BMBIW, Referat V B 2 – eingestellt, der zu Recht Herrn Roggensacks Erfahrungen als ganz wesentlich, wenn nicht sogar unverzichtbar, für die ordnungsgemäße Erledigung der der Niederlassung Gera mit Erlass vom 18.07.1991 V B 2 – VV 7000 – 142/91 übertragenen Aufgaben angesehen hat.

Ein Ausscheiden Herrn Roggensacks würde die weitere Bearbeitung der Abgeltung von Brückenschäden (ehem. BBK-Fälle) ernsthaft gefährden, was im Hinblick auf die politische Bedeutung der Abwicklung dieser Schäden unbedingt vermieden werden sollte. Hinzu kommt, dass sich Herr Roggensack bereits im 62. Lebensjahr befindet.

Aus den vorgenannten Gründen sollten meines Erachtens aus dem Überprüfungsergebnis des Bundesbeauftragten keine Konsequenzen gezogen werden.

Ich bitte um Entscheidung.

Im Auftrag

Stenzel

KAPITEL 5

TOILETTENGANG

Berns greift zur obersten Laufmappe auf der linken Seite des Aktenbocks. Dieser ist für die, die es immer noch nicht kapiert haben, deutlich mit dem Aufkleber Posteingang, im Gegensatz zur rechten Seite, die dem Postausgang vorbehalten ist, gekennzeichnet. Er will den Aktenstapel möglichst schnell von links nach rechts verlagern. Schon der erste Vorgang ist ein Ärgernis. Laufmappe falsch ausgezeichnet. Was ist das für eine blöde Scheiße! Ist er denn nur noch von Analphabeten und Nichtsnutzen umgeben? Täter natürlich so ein Hanswurst aus der Zentrale, der hier erprobt werden soll. Berns kann sehr vulgär werden und murmelt, da er letzte Woche in Offenbach war und den dortigen Dialekt noch im Ohr hat: »Der is zu bleed, en dode Aff zu ficke.«

Wir sehen, Berns gibt sich durchaus mal den Wonnen der Gewöhnlichkeit hin. Weniger schlimm, trotzdem sehr ärgerlich ist es, wenn jemand Merkzettel mit Heftklammern an die Laufmappen tackert. Berns pult sie dann fluchend mühsam mit der Hand heraus, reißt sich dabei oftmals einen Fingernagel ein. Das Entklammergerät auf seinem Schreibtisch wird bewusst nicht genutzt. Er will leiden und sich ärgern. Als ob es keine Klebezettel gebe!

Die Nähe zur Zentrale in Bonn bringt fast nur Ungelegenheiten mit sich. Berns fühlt sich darüber hinaus ungerecht behandelt. So findet er es schlicht unfair, wenn die Zentrale Luschen in seine Dienststelle abschiebt, die nach jeder Mittagspause neu angelernt werden müssen und zu blöd sind, einen Abreißkalender zu bedienen oder eine

Laufmappe richtig auszuzeichnen. Leute, die in der praktischen Arbeit voll ablosen.

Dabei verfügt die Zentrale durch die Bank weg über hochqualifiziertes Personal. Ebenso langt es ihm langsam, wenn die Controller der Zentrale hinter ihm her schnüffeln und bei ihren Untersuchungen in Unkenntnis der Sachlage Äpfel mit Birnen vergleichen. Mittlerweile häufen sich in diesem Bereich Anfragen, die von einer erbsenzählerischen Kleinkariertheit zeugen. Man will beispielsweise den wöchentlichen Druckerpapierverbrauch pro Vollzeitäquivalent (hypothetische Größe, die besagt, wie hoch die Zahl der Erwerbstätigen wäre, wenn es nur Vollzeitarbeitsplätze gäbe) gemeldet bekommen. Berns weiß nicht, ob er lachen oder weinen soll. Die Finanzbuchhalterin Flacke hat so etwas noch nie erlebt. Auch der Qualitätsmanager König kann sich an keine ähnlich gelagerte Abfrage erinnern. Er kann darüber nur den Kopf schütteln. Selbst Berns' langgedientem Vertreter Kleemann fällt dazu nichts mehr ein.

Misstraut man jetzt sogar den Mitarbeitern, die draußen an der Front die ganze Arbeit machen und tagtäglich ihren Arsch hinhalten? Ohne die der verdammte Betrieb längst vor die Hunde gegangen wäre? Denen, die Tag für Tag geduldig die Furchen ziehen und andere die Kartoffeln ernten lassen? Ausgerechnet die Kollegen der Zentrale, die Verständnis für die Probleme der Außenverwaltung heucheln, sind nach Berns' Beobachtung gerade die, die seinem zusammengeschnittenen, geschundenen Personalkörper laufend neue und engere Berichtspflichten setzen. Er ist nun beileibe kein ›Nachfristbettler‹, doch irgendwann reicht es selbst ihm.

Lassen wir Berns mit diesem ärgerlichen Quatsch vorerst in Ruhe; er hat jetzt Wichtigeres zu tun. Begleiten wir ihn lieber auf seinem Gang zur Toilette. Dynamischen Schrittes, ohne Übereilung, zielorientiert und schnörkellos begibt er sich an diesen für ihn so wichtigen Ort. Wer als Außenstehender seine Bewegungen verfolgt, glaubt, er sei auf dem Weg zu überaus bedeutsamen Verhandlungen. Ist er vielleicht sogar zum ›Vorsingen‹ beim Vorstand bestellt?

Nach Passieren eines Vorraums mit Waschbecken und Desinfektionsmittelspender lässt er drei Urinalschüsseln links liegen und steuert auf die rechte von zwei Kabinen zu. Es ist immer die rechte. Berns meidet aus einer ihm nicht erklärbaren Abneigung die linke Kabine. Die Toilette ist bis zu einer Höhe von etwa eineinhalb Meter weiß gefliest, oberhalb der Fliesen weiß getüncht. Auf einem Sims über den drei Urinalbecken steht ein gerahmtes Poster mit den Maßen 60 mal 90 cm. Motiv: Der Blick aus der Vorstandstoilette im Commerzbank-Turm auf die Frankfurter Skyline hinweg über vier Urinalschüsseln. Ein herrlicher Ausblick auf die Frankfurter Banken- und Versicherungswolkenkratzer. Wer bei ihm pinkelt, kann, wenn er fantasievoll ist, was Berns bedauerlicherweise der Mehrzahl der Besucher absprechen muss, das Gefühl haben, nicht nur die Frankfurter, sondern die gesamte Weltfinanzwirtschaft läge ihm zu Füßen.

Berns, der natürlich immer übertreiben muss, hatte aus – wie er sagt – rein ästhetischen Gründen vor, die Zahl der eigenen Urinalbecken auf vier zu erhöhen. Damit wäre das Gleichgewicht zwischen Hoffnung und Realität hergestellt. Glücklicherweise haben ihn die Kosten von diesem albernen Vorhaben abgehalten.

Dem Poster fehlt leider die ursprünglich mit dem Rahmen verbundene, abdeckende Glasscheibe. Berns hat dummerweise versäumt, das Bild sofort eindübeln zu lassen und es fürs Erste unbefestigt auf dem Sims stehen lassen. Das Glas ist dann wohl bei unsachgemäßen Reinigungsarbeiten zerstört worden. Seitdem steht das Poster nackt und schutzlos an der Wand. Berns, der wieder mal schnell die Lust an einer seiner Ideen verloren hat, wird das Glas jedenfalls so schnell nicht ersetzen. Die ganze Geschichte ist umso ärgerlicher, als Berns' Frau das Bild extra für ihn aus dem Internet heruntergeladen hat. Die Einrahmung wurde von ihr liebevoll und mit viel Geschmack veranlasst. Das Poster ist im Übrigen nicht käuflich zu erwerben, weil die dicken Bonzen der Commerzbankführung den Vertrieb verhindern konnten. Obwohl seine Frau von dem Glasbruch nie Kenntnis erhalten hätte – sie kann ja gelegentlich ihrer Kontrollbesuche nicht die Herrentoilette betreten –, hat er ihr alles gebeichtet.

Berns steuert also auf die rechte Kabine zu, glücklicherweise sind beide Kabinen unbesetzt. Selbst wenn nur die linke belegt wäre, hätte er die Toilette umgehend verlassen. Seine Laune ginge Richtung Nullpunkt, nicht einmal hier hat man seine Ruhe! Er kann sich nicht entleeren, wenn – nur durch eine dünne Wand getrennt – jemand Gleiches tut. Auf die damit verbundene Geruchs- und Geräuschbelästigung wollen wir hier erst gar nicht eingehen. Berns' Aura würde schwer verletzt werden. Er wundert sich über Leute, die so etwas können. Er könnte es selbst bei heftigstem Stuhldrang nicht.

Ein weiterer Grund für ihn, die Toilette erst gar nicht aufzusuchen, ist Erik Zimmermann. Wenn er diesen Kollegen nur im Umkreis des WCs bemerkt, macht er sofort kehrt. Zimmermann ist einer der verschrobensten Persönlichkeiten, die sich Berns je eröffnet haben. Und er musste, und das können wir ihm ruhig glauben, in jahrzehntelanger Personalarbeit in einige überaus schwierige Charaktere Einblick nehmen. Viel tiefer als ihm lieb war. Jawoll!

Zimmermann gehört zu der Gruppe von Außenseitern, die absolut nicht in einen Personalkörper eingegliedert werden können. Unglücklicherweise steht er als Verwandter eines Vorstandsmitgliedes unter besonderem Schutz, sonst hätte man geeignete Lösungen für eine ›individuell passende Verwendung‹ finden können. Zimmermann lässt sich nicht nur äußerlich gehen, Kleidung und Körperpflege sind

– gelinde ausgedrückt – eine Zumutung, er nervt die Kollegenschaft zusätzlich mit den seltsamsten Absonderlichkeiten.

Da ist seine kümmerliche Art von Sparsamkeit. Er hat die Angewohnheit, jeden kleinsten, unbeschriebenen Fetzen Papier einer Seite auszuschneiden und als Merkzettel zu verwenden. Diese Manie wird von den Kollegen als täglicher Vorwurf für ihre permanente Papierverschwendung angesehen und führt zu allgemeiner Anfeindung. Auf Berns, der sicherlich kein Verschwender ist, wirkt diese Art von Sparsamkeit nicht bewundernswert und vorbildlich, sondern kläglich, armselig und dürftig. Keine Sparsamkeit im preußisch-asketischen Sinne, sondern eine billige Abart.

Auf die Schilderung weiterer zimmermannscher Unarten werden wir im Folgenden verzichten. Sie befinden sich im Allgemeinen auf ähnlichem Niveau. Wir fragen uns aber – sicher mit einer gewissen Berechtigung –, können diese alleine ausreichen, um einen Mann wie Berns in die Flucht zu schlagen? Natürlich nicht. Der Hauptgrund für Berns' Fluchtverhalten ist schnell geklärt. Zimmermann wäscht sich nämlich nicht nach, sondern vor der Blasen- oder Darmleerung die Hände! Und zwar ausgiebig und gründlich. Zweimal Einseifen und Abspülen ist das Mindeste.

Berns kann so etwas nicht verstehen, noch weniger ertragen. Diese totale Umkehr einer zwingend klaren Handlungsabfolge trifft seine autistische Teilpersönlichkeit wie ein Schlag ins Gesicht. Vergleichbar verheerend wäre es, wenn in seinem Lieblingsdiscounter Valdo-Süd die Regalbestückung umgekehrt gereiht würde, Waren, die Berns mit dem Recht der Gewohnheit im Eingangsbereich erwartet, ans Ladenende verlagert wären. Eine völlige Umkehrung einer – sicherlich von einem höheren Wesen – geschaffenen Ordnung.

Warum tut Zimmermann so etwas Furchtbares? Ist er etwa Mitglied in einer sektenähnlichen, staatsfeindlichen

Gruppierung, die dieses Ritual in ihrem Regelwerk verankert hat? Oder nimmt er möglicherweise eine Reinwaschung vor, nachdem er sich bei seiner beruflichen Tätigkeit gerade die Hände schmutzig gemacht hat? Dies erscheint bei seiner vorwiegend gutachterlichen Arbeit in der Sparte Portfoliomanagement unwahrscheinlich. Anlässe dafür, sich die Hände ›in Unschuld‹ waschen zu müssen, wird es somit kaum geben. Oder baut Zimmermann permanent solchen Mist, dass zwischenzeitliche gründliche Reinigungen erforderlich werden? Wohl kaum, denn sein eingeschränktes Tätigkeitsfeld ist dafür einfach nicht geeignet.

Aber halt, unter Umständen ist das Wort ›Mist‹ ein Hinweis, ein Indiz für eine weiter zu verfolgende Spur, um sein merkwürdiges Verhalten aufzuklären. Besteht eventuell die Möglichkeit, dass eine sogenannte Konditionierung vorliegt? Wir alle kennen ja wohl das Phänomen des ›pawlowschen Hundes‹ (der lernende Organismus hat keine Kontrolle über den Reiz und die von ihm ausgelöste Reaktion). Könnte es denn sein, dass das Betreten eines Abtritts bei Zimmermann automatisch eine zwanghafte vorgeschaltete Händereinigung auslöst? Musste er sich in seiner Jugend, vielleicht nach Feld- oder Gartenarbeit, vor der Benutzung einer Toilette einer Säuberung unterziehen, um den Abtritt oder seine Kleidung (zum Beispiel beim Herunterziehen der Hose) nicht zu beschmutzen?

Wir lassen Berns mit seinen populärwissenschaftlichen Überlegungen jetzt allein. Sie sind uns dann doch zu profan, um diesen anspruchsvollen Problemkreis einer plausiblen Lösung zuzuführen. Berns soll lieber seine Tochter (sein ›Wunderkind‹), die in Groningen (in englischer Sprache!) Psychologie studiert, damit konfrontieren. Es ist nicht auszuschließen, dass ihr dazu etwas Vernünftiges einfällt.

Aber zurück zu ihm selbst. Berns lässt sich gemütlich auf der weißen Klobrille nieder und liest zum hundertsten

Mal mit Genugtuung das an die Tür angeheftete witzige
Pamphlet über den richtigen Gebrauch der Klobürste. Die
typischen ordinären Toilettenwandsprüche duldet er dagegen in seinem ›Sozialraum‹ nicht. Berns hockt da, hockt
und summt »Atemlos durch die Nacht« und ist das erste
Mal an diesem Tag so richtig entspannt.

Wir wollen an diesem Punkt etwas verschnaufen, denn
der weitere Tag wird uns sicherlich noch einiges abverlan-
gen.

Und, als ob wir das nicht befürchtet hätten, ist nach Berns'
Rückkehr an seinen Arbeitsplatz der gegenwärtig ersesse-
ne Entspannungszustand schnell der nächsten Anspannung
gewichen. Unheil kündigt sich an. Das neue Vorstandsmitglied möchte die Niederlassung besuchen.

Kann man ihn denn nicht einfach mal in Ruhe lassen?
Berns hasst Vorstandsbesuche. Gerade durch den Neuen,
ein Schrank von imponierender Körpergröße, trotzdem
furchtbar dynamisch. Benutzt schreckliche Leerformeln wie
»Da bin ich ganz bei Ihnen«, obwohl er in Bezug auf prakti-
kable Lösungen meilenweit entfernt erscheint. Er redet viel
zu viel. Das macht ihn den meisten Kollegen verdächtig. So
richtig einschätzen kann ihn Berns bisher nicht. Wenigstens
kein Kleiner! Berns hat nun einmal eine Menge Vorurteile,
die er mit Hingabe pflegt. Auch gegenüber kleinen Männern. Er misstraut ebenfalls Männern mit kleinen Füßen oder
Troddeln an den Schuhen. Vor kleinen Männern mit kleinen
Füßen und Troddeln an den Schuhen hat er sogar Angst.

Dazu ein weiteres Ärgernis. Berns stellt fest, dass der
Vorgang Moeser immer noch nicht vorgelegt wurde, obwohl
Erledigung bis vorgestern fest versprochen war. Ständig
diese Schlampereien und Undiszipliniertheiten, die ihn innerhalb und außerhalb des Arbeitsbetriebes nerven. Ihm geht
es vor allem auf den Geist, wenn Leute in einer von ihm
geleiteten Besprechung zu spät kommen, weil sie noto-

risch undiszipliniert sind oder ihre Arbeitsauslastung unter Beweis stellen müssen. Ein Kollege hat ihm geraten, in solchen Fällen kurzerhand die Tür des Besprechungsraums abzuschließen. Berns hat sich das bisher nicht getraut. Schlimm ist auch, wenn Leute, die die ganze Besprechung verschlafen haben, kurz vor einer Kaffeepause oder sogar vor der Mittagspause langatmige Beiträge abgeben oder umständlich Fragen stellen. Berns hat sich dann schon auf Essen und Trinken eingestellt und reagiert auf solche Verzögerungen entsprechend gereizt.

Was nervt ihn denn darüber hinaus? Da gäbe es sicher eine Menge zu berichten.

Wenn Menschen zum Beispiel in Züge, U-Bahnen, Straßenbahnen an der falschen Stelle einsteigen und stundenlang durch das Verkehrsmittel irren, bis sie einen Platz finden. Berns ist dann gezwungen, seine bis in den Gang lang ausgestreckten Beine einzuziehen.

Wenn im Fitnessstudio sein Spind (Nr. 201) von irgendeinem Idioten belegt ist. Nicht weniger schlimm, wenn nach dem Training in der Sauna der vorgesehene Aufgusszeitpunkt durch einen ›noch gerade mal schnell‹ in die Kabine einfallenden Störer hinausgezögert wird. Berns hat nämlich den für seine Verweildauer maßgeblichen Beginn exakt eingeplant.

Wenn er trotz freier Straße am Fußgängerüberweg an der roten Ampel warten muss, nur weil Rücksicht auf irgendwelche Kinder zu nehmen ist. Halst man ihm jetzt obendrein die Erziehung wildfremder Blagen auf?

Wenn er ›zugequasselt‹ wird. Bei Mitarbeitern, von denen diese Gefahr droht, verlegt Berns deshalb den Schauplatz von Unterredungen und Rücksprachen in deren Dienstzimmer. So kann er jederzeit gehen und muss niemanden aus seinem Zimmer rausschmeißen, was ja immer schlecht ankommt. Diese Strategie hat sich nicht umsonst über viele Jahre bewährt.

Dies alles geht ihm immer wieder tierisch auf den Sack;
natürlich auch vieles anderes, was wir aus Zeitgründen
hier nicht länger ausführen können und wollen.

Berns ist wieder ganz schön angespannt.

Routine: Alkoholmissbrauch

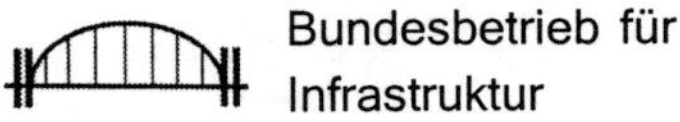 Bundesbetrieb für
Infrastruktur

Protokoll   Mitarbeitergespräch

Teilnehmer:
Ehrhard Wenzel, Leiter der Nebenstelle Speyer
Walter Schmidt, Tarifbeschäftigter Nebenstelle Speyer
Ort: 67346 Speyer, Steinstraße 8
Datum: 23.02.2015
Weitere Teilnehmer: Gerold Ganten, Fachgebietsleiter Personal, Sven Hoffmann, Vorsitzender Personalrat, beide Nebenstelle Speyer

Der Leiter der Nebenstelle Speyer, Herr Ehrhard Wenzel, teilte dem Tarifbeschäftigten Walter Schmidt mit, dass ihm seitens Dritter Informationen über den angeblichen übermäßigen Alkoholkonsum von Herrn Schmidt zugetragen wurden und dass er aufgrund dessen die gefährliche und unfallträchtige Tätigkeit als Maschinenführer nicht mehr ausüben könne. Herr Wenzel betonte, dass er ebenfalls diese Auffassung teile und bat Herrn Schmidt um Stellungnahme zu diesen Vorfällen.
Herr Schmidt erklärte, dass er während seiner drei Arbeitstage in der Woche stets nüchtern sei. Er gab zu, während seiner arbeitsfreien Zeit öfter feiern zu gehen und dabei in verschiedenen Gaststätten in Speyer reichlich Bier und

Schnaps zu sich zu nehmen, jedoch zum jeweiligen Arbeitsbeginn nicht mehr unter Alkoholeinfluss stünde. Auch wenn er mehr als drei Tage in der Woche arbeite, wäre er an diesen Tagen nüchtern. Er bot von sich aus an, dies durch einen täglichen Alkoholtest überprüfen zu lassen.
Herr Wenzel wird prüfen, ob er diese von Herrn Schmidt vorgeschlagene Maßnahme der Überwachung annimmt. Herr Wenzel informierte Herrn Schmidt darüber, dass seitens der Nebenstelle Speyer am Freitag, den 16.03.2015 um 9.15 Uhr ein Termin beim Betriebsärztlichen Dienst (BAD) in Ludwigshafen zur Untersuchung/Gespräch bezüglich Arbeitsfähigkeit und Alkoholabhängigkeit für ihn vereinbart wurde. Diesen Termin hätte Herr Schmidt dringend wahrzunehmen. Herr Schmidt sagte zu, den Termin beim BAD wahrzunehmen. Je nach Ergebnis dieser Untersuchungen behält sich Herr Wenzel vor, weitere Maßnahmen wie zum Beispiel eine Entziehungskur etc. zu veranlassen.

Speyer, 23.02.2015 / nachträglich

(Ehrhard Wenzel) (Walter Schmidt)

Herr Schmidt verweigerte beim zweiten Termin am 26.03.2015 die Unterschrift unter das obige Protokoll mit dem Hinweis, die Passage ›reichlich Bier und Schnaps‹ zu ändern in ›moderaten Alkoholkonsum‹, außerdem widersprach er der Aussage, er hätte dem Termin beim BAD zugestimmt.

Speyer, 26.03.2015

(Ehrhard Wenzel) (Walter Schmidt)

Kapitel 6

Vorgesetzte

Umgang mit Kritik

Berns sieht sich als guten Vorgesetzten. Macht gerne auf kameradschaftlich. Ist sich nicht zu schade, mal Kaffeetassen selbst auszuspülen, Tee für alle zu kochen. Natürlich so, dass es möglichst viele sehen. Weiß Bescheid über die privaten Verhältnisse seiner Leute. Kennt die Zahl und Namen der Kinder, die Gebrechen der Eltern und Großeltern bis hin zu eingewachsenen Zehennägeln. Macht zur Gedächtnisstütze Notizen über diese Dinge, weil sie ihn in Wirklichkeit vielleicht doch nicht so interessieren, dass sie sich ihm automatisch einprägen. Spürt, wer Trost oder einfach nur ein aufmunterndes Wort braucht.

Erfüllt seiner Meinung nach die Führungsmerkmale seines Betriebes, die da wären:

1. Gibt Orientierung (Führungsperson ist bereit und befähigt, Ziele zu formulieren und überzeugend zu vermitteln).

2. Steuert die Aufgabenerledigung und übernimmt Ergebnisverantwortung (Führungsperson ist bereit und befähigt, Strategien zu entwickeln, deren Umsetzung zu organisieren und für die Ergebnisse einzustehen).

3. Trifft Führungsentscheidungen (Führungsperson ist bereit und befähigt, eindeutig und zum richtigen Zeitpunkt zu entscheiden).

4. Erfüllt Vorbildfunktion und verfügt über Überzeugungskraft (Führungsperson ist bereit und befähigt, mit gu-

tem Beispiel voranzugehen und andere für ein gemeinsames Vorgehen zu gewinnen).

5. Erhält und vermittelt Potenziale und setzt Gleichstellung um (Führungsperson ist bereit und befähigt, die
   Leistungsfähigkeit der Beschäftigten zu erhalten und
   zu fördern sowie Gleichstellung umzusetzen).

Was da nicht drinsteht, aber zurzeit durchs Dorf getrieben
wird, sind die Begriffe, die Beschäftigten (irgendwo) ›abzuholen‹ und (irgendwohin) ›mitzunehmen‹. Ist Berns denn
Busunternehmer? Solche Anstrengungen empfindet er als
unnötig, weil seine Leute schon jetzt bis über die Halskrause motiviert erscheinen. Dazu erfreuen sich nach Berns' fester Überzeugung die Arbeitsplätze in seiner Abteilung allgemein, das heißt, in der gesamten Niederlassung, großer
Beliebtheit.

Wir wollen das, mangels gegenteiliger Indizien, weder
bestreiten noch pauschal bestätigen. Berns ist der Auffassung, das Angebot, durch ihn abgeholt zu werden, ist nicht
mit der Mitfahrt in einem öffentlichen Verkehrsmittel vergleichbar. Es befindet sich eher auf einem Niveau mit einer
Einladung zur Reise in einem Privatjet oder einer Luxusjacht, zumindest einer Bahnreise mit dem ICE, 1. Klasse.
Dennoch will ein nicht unerheblicher Teil der Mitarbeiter,
sei es aus mangelnder Veränderungsbereitschaft, oppositioneller Verweigerungshaltung oder vollzogener innerlicher
Kündigung, gar nicht abgeholt und erst recht nicht irgendwohin mitgenommen werden. Berns meint, diese Leute könne man guten Gewissens in Ruhe lassen.

Er hat ohnehin genug damit zu tun, die vorsorgliche Führungskraft zu geben. Ist bei langwierigen Krankheitsfällen
der Erste, der das Absenden einer gemeinschaftlichen Grußkarte anregt. Spielt bei Weihnachtsfeiern, Betriebsausflug
und Weiberfastnacht tragende Rollen.

Schleppt an besonders heißen Tagen das billigste erhältliche Wassereis an, das er dann erschöpft und schwitzend von Zimmer zu Zimmer eilend verteilt. Übertreibt dabei natürlich – wie immer. Freut sich, wenn nur wenige Leute da und zu bedienen sind. Bunkert den Rest für das nächste Mal.

Sein Führungsstil ist sonst locker. Delegiert gerne Verantwortung. Nicht nur fördernd und fordernd, sondern auch zur Schonung der eigenen Kräfte und Nerven. Will die Arbeit erleichtern und nicht behindern. Gehört nicht zu den Vorgesetzten, die Stilübungen betreiben und Kommasetzung korrigieren, sondern setzt seine Energien für Wesentliches ein. Ist lieber draußen ›an der Front‹ als backstage in der Zentrale. Ist lieber ›Kopf von Ärschen‹ als ›Arsch von Köpfen‹. Dies ist bitte nur sinnbildlich zu verstehen, da Berns seine Leute beileibe nicht als Ärsche empfindet. Er ist sich im Gegenteil bewusst, dass er noch nie eine so gute Mannschaft (sowohl im menschlichen als auch im fachlichen Bereich) zusammenhatte, wie zurzeit in Koblenz.

Bei den Beschäftigten unterscheidet Berns zwischen vier Gruppen wie folgt:

Erstens: Menschen, die nicht wollen, aber könnten.

Zweitens: Menschen, die nicht können und nicht wollen.

Drittens: Menschen, die wollen, aber nicht können.

Viertens: Menschen, die wollen und auch können.

Arbeiten wir nun diese vier Beschäftigtengruppen der Reihe nach ab:

Menschen, die nicht wollen, aber könnten, versucht Berns umzudrehen. Gelingt dies nicht, wechselt er von der Rolle des liebevoll sorgenden, einfühlsamen Vorgesetzten zu der einer rasenden Harpyie.

Bei Beschäftigten, die nicht wollen und nicht können macht Berns nicht viel Federlesen, sondern versucht sie möglichst schnell loszuwerden. Weit weg damit. Fort mit Schaden. Dabei greift er in jede Trickkiste, ist ihm jedes Mittel recht. Leider gehört manchmal das sogenannte Wegloben dazu oder die Ausstattung mit einem den Wechsel vereinfachenden, geschönten und viel zu gutem Zeugnis.

Wir kommen zur Gruppe der Beschäftigten, die wollen und nicht können. Hier wird Berns sentimental. Ein Erlebnis aus seiner Kölner Verwendung hat sich bei ihm tief eingebrannt. Ein sehr sympathischer Mitarbeiter, alleinerziehend, vier Söhne, leider jedoch von fachlich extremer Unkenntnis fiel stets in Laufschritt, sobald er Berns nur in der Ferne ausmachte. Schleppte dabei Stapel von Akten zum Beweis seines Fleißes mit. Für Berns rührend. Wurde dem Kollegen ein Fehler erklärt, nahm dieser die Erläuterungen mit treuem, hilflosem Hundeblick, offensichtlich nicht verstehend, auf. Dieser Blick ging Berns durch Mark und Bein. Trotz allem waren ihm die Hände gebunden, was die angestrebte Beförderung anging, denn er durfte ihn den stärkeren Kollegen nicht vorziehen. In solchen Fällen ist Berns ungern Vorgesetzter mit Personalverantwortung (dies sind im Ergebnis allerdings nur wenige Momente oder Situationen, man könnte sie an einer Hand abzählen).

Gegen Beschäftigte, die wollen und auch können, hat Berns im Grunde keine Einwände. Hier, und das weiß er, ist der Vorgesetzte besonders in der Pflicht. Die Gefahr, diesem Personenkreis immer mehr Aufgaben und Verantwortlichkeiten zu übertragen, besteht permanent. Natürlich wäre dies aus kurzfristiger Perspektive der einfachere und bequemere Weg, man muss sich weniger kümmern, weniger korrigierend eingreifen. Langfristig betrachtet hingegen ein Eigentor. Die nicht so starken Beschäftigten werden durch Unterforderung zunehmend schwächer. Das kann man so sehen, muss man aber nicht. Wir werden Berns' Hang, in Schubladen einzuordnen, auf der Spur bleiben.

Bei seinen Mitarbeitern scheint Berns recht beliebt zu sein. Jedenfalls fühlen sich einige ziemlich unwohl, wenn er überflüssige Unterlagen ausmistet oder nur sein Zimmer aufräumt. Obwohl dies turnusmäßig geschieht, geraten die, die sowieso ständig das Gras wachsen hören, in Unruhe. Wechselt Berns vielleicht in eine andere Sparte, oder geht er gar in die Zentrale nach Bonn? Wenn die wüssten, wie fern ihm solche Gedanken liegen! Er schürt allerdings noch das Feuer und behauptet, er würde vom Leiter der Sparte Brückenbau, Herrn Bussmann ›beerbt‹ werden. Dieser bestehe nun einmal darauf, Berns' Dienstzimmer besenrein zu übernehmen. Wer weiß, dass Bussmann als ausgesprochener Leuteschinder bekannt ist, der den Führungsstil ›Management by terror‹ bevorzugt, kann die Verunsicherung von Berns' Mitarbeitern verstehen, zumal sie sich gerne auch mal gruseln. Wenn Berns besonders albern drauf ist (und das ist er oft) begleitet er seine Aufräumarbeiten mit dem gemurmelten Kinderlied ›Es tanzt ein Bi-Ba-Butzemann in unserm Haus herum, widebum‹. Er ist bemüht, die ihm guttuende Verunsicherung aufrecht zu halten. Wer will ihm das verdenken.

Was seine Beliebtheit angeht, gibt er sich keinen Illusionen hin. Ach was! Die Leute lieben nicht ihn, sondern die bestehenden stabilen Strukturen. Diese garantiert Berns, ihr Chef, allein durch seine Anwesenheit. Der Preis, den sie dafür zu entrichten haben, ist vergleichsweise niedrig; sie müssen ihn aushalten. Dies beinhaltet, seine Erziehungsversuche über sich ergehen zu lassen.

Berns findet viele seiner Kollegen total undankbar. Nicht nur bezogen auf ihren Arbeitgeber, der ihnen einen relativ sicheren und komfortablen Arbeitsplatz vorhält – dies ist nun sein geringster Vorwurf –, sondern gegenüber der sie umgebenden alltäglichen Lebensqualität. Die wissen ja gar nicht, wie gut es ihnen geht! Den Wasserhahn aufdrehen können. Strom und Heizung per Knopfdruck. Auf der Toilette richtiges Klopapier.

Wie den Leuten, die fast alles haben, klarmachen, dass sie – verdammt noch mal – gefälligst glücklich und zufrieden zu sein haben? Ja, wie nur!

Ein Problem, das sich einer Lösung hartnäckig widersetzt. Berns wäre jedoch nicht Berns, wenn er es nicht immer wieder versuchen würde.

Die Mitarbeiterin Nadine T. meckert ständig. »Das Kantinenessen ist schlecht« (was überhaupt nicht stimmt), »Durch die neuen Fenster zieht es«, »Das Internet ist zu langsam« (da könnte was dran sein). Das zieht selbst Optimisten herunter, das hat negative Auswirkungen auf das Betriebsklima. T. ist Profi, (aber wirklich nur in dieser Hinsicht) wenn es darum geht, die Stimmung der Kollegen zu versauen.

Berns – maßlos, wie so oft – greift zum Äußersten. Er konfrontiert eine ignorante Person, einen geistig limitierten Menschen von erschreckender Mediokrität mit von ihm geschätzter Literatur; taucht gleichsam eine ungebildete Wilde in ein Becken der Kultur. Er greift zu Auszügen aus den Tagebüchern der Literatin Ruth Andreas-Friedrich, die den harten Nachkriegswinter 1946/47 beschreiben:

Dauerfrost – unter minus zehn Grad Celsius. Eingefrorene Wasserrohre in der durch die Bombenangriffe beschädigten, nur notdürftig abgedichteten Wohnung. Deshalb ›Tragen der Körperschlacken‹ (Berns nennt sie weniger vornehm Kot und Pisse) aus dem Haus und ›schamhafte Versenkung‹ in der nächsten Ruine. Das mühsame Heranschleppen von Wasser aus einem drei Straßen entfernten Brunnen. Lebensmittelkarten mit nichts drauf. Stets Hunger, ständige Unterernährung. Morgens allerorts Verhungerte und Erfrorene in den Betten. Er sucht die zwei drastischsten Seiten heraus, kopiert diese sogar eigenhändig. Will ohne fremde Hilfe therapieren, den Erfolg alleine einheimsen. T. erhält die Seiten in der leserfreundlichen Schriftgröße 14 (jetzt bloß nicht scheu machen) mit der eher als Weisung zu verstehende Bitte, ›sich das mal reinzuziehen‹.

Gleich am nächsten Tag, Berns Ungeduld ist uns hinlänglich bekannt, muss sie sich die Frage gefallen lassen, wie der Auszug angekommen ist. Die Antwort »Recht interessant« lässt keine Rückschlüsse zu, ob sie die Seiten überhaupt gelesen hat. Berns bejaht dies zweckoptimistisch. Sofort erklärt er sich in liebevollem Ton – vielleicht eine Spur zu gönnerhaft und zu schnell – bereit, ihr selbstverständlich das gesamte Buch zur Verfügung zu stellen. Die rohe Antwort: »Wie viele Seiten hat es denn?« schmerzt dann doch wie ein Keulenschlag. Berns ist in seinem gut gemeinten Unterfangen, zufriedene Dankbarkeit bei seinen Beschäftigten herzustellen, einmal mehr grandios gescheitert.

Natürlich hat Berns als Vorgesetzter zwischendurch seine Mucken und ist manchmal schlecht gelaunt. Er ist schließlich ja auch nur ein Mensch, wie er selbst in solchen Situationen immer wieder betont. In den meisten Fällen sind Entscheidungen der Zentrale, die er nicht nachvollziehen kann, die Ursache. Berns sitzt dann grummelnd an seinem Schreibtisch und beobachtet die Aktionen seiner Mitarbeiter, denen er sonst ziemlich freie Hand lässt, voller Misstrauen und Skepsis. Lässt sich Gesamtvorgänge mit allen Beiakten vorlegen, was er sonst nie tut und sucht bösartig nach Fehlern. Sprüche wie »Ich habe die Faxen jetzt endgültig satt« oder »Ich lasse mich hier nicht weiter künstlich dumm machen« (köstlich: Er spricht von ›künstlich‹) werden wie Raketen in den Bürohimmel geknallt.

Wir können Berns den Vorwurf nicht ersparen, viel zu launig zu reagieren, ja sich geradezu gehen zu lassen. In solchen Situationen vermeiden es die Mitarbeiter zu Recht, mit ihm in Kontakt zu kommen. Das erscheint auch dringend angeraten. Seine Vorzimmerkraft beugt mit Sturmwarnungen vor. Nur Berns' ›Lieblinge‹ können ihn aufsuchen, ohne Schaden zu nehmen. Manche schicken die Gleichstellungsbeauftragte, Letten-Temmels oder Kleemann vor. Personen, denen gegenüber sich Berns beherrscht und denen er nur schwerlich einen Wunsch abschlagen kann.

Zwei besonders kecke Mitarbeiter hatten die Stirn, im Kollegenkreis zu behaupten, sie würden Rücksprachen bei Berns nur an solchen finsteren Tagen wahrnehmen; alles andere sei unsportlich und darüber hinaus feige.

Ja, glaubten die beiden wirklich, Berns würde so etwas nicht hintenherum gesteckt bekommen? Jedenfalls ging der Schuss gewaltig nach hinten los, als sie zur Rücksprache erschienen. Wie man sich später erzählte, soll Berns' Brüllen bis auf die Straße hinaus zu hören gewesen sein. Das mag durchaus zutreffen.

In den geschilderten Stimmungslagen denkt Berns gelegentlich über Sanktionen gegen seine undankbare Belegschaft nach. Er könnte zum Beispiel das Radiohören während des Dienstes verbieten. Diese Maßnahme wäre allerdings nicht nur rechtlich bedenklich, sondern bedürfte wohl der Zustimmung durch die Personalvertretung. Außerdem: Wie will man das denn verdammt noch mal kontrollieren? Verbote ohne Kontrolle machen ja keinen Sinn! Außerdem ist die Idee sowieso Quatsch, weil kaum jemand Radio hört.

Man könnte vielleicht den Leuten, die immer noch verbotswidrig ihre Kaffeemaschine ohne isolierende Keramikfliese oder einem anderen Schutz auf der nackten Holz- oder Kunststofftischplatte stehen haben, am Zeug flicken. Schließlich ist das Verbot hundertmal gepredigt worden. Mit den diesbezüglich erlassenen Hausmitteilungen ›Aus gegebenen Anlass weise ich darauf hin ...‹ könnte Berns eine ganze Wand tapezieren! Immer wieder durchgekaut. Nach Abwägung aller Für und Wider wären ihm diesbezügliche Sanktionen zu läppisch.

Berns überlegt also weiter und weiter; lassen wir ihn dabei ruhig allein. Vertreiben wir uns lieber die Zeit damit, Berns' Verhältnis zu seinen Vorgesetzten zu untersuchen.

Welches Verhältnis hat Berns nun zu seinen Vorgesetzten, insbesondere zu seinem Vorstand?

Das Verhältnis zu seinen Vorgesetzten ist äußerst kompliziert. Seine direkte Vorgesetzte, die Spartenleiterin Wietgräfe-Peckmann (Zentrale), lässt ihn aufgrund seiner Erfahrung ziemlich frei schalten und walten. Kümmert sich zu Recht lieber um ihre Sorgenkinder. So fürchtet Berns sie nicht eigentlich.

Somit bleibt der Vorstand für Berns die einzige bedrohliche übergeordnete Instanz. Wie steht er zu seinem Vorstand?

Das Verhältnis wird durch die Erziehung seiner preußischen Mutter geprägt. Das heißt kritik- und widerstandslose Akzeptanz bestehender Autoritätsgefüge und sogenannter Respektspersonen. Im Grunde die furchtbarste Art des Dienens, indessen äußerst bequem. Gleichwohl die zehrende Erkenntnis, sich in der Gewalt fremder, andersartiger Menschen und unberechenbarer Mächte zu befinden. Da oben geht hinter verschlossenen Türen etwas vor, das Berns nicht durchschauen kann. Wer den Betrieb letztendlich wirklich leitet, der Vorstand oder die Spartenleiter, weiß niemand so genau. Lässt der Vorstand sich von den Spartenleitern gegen ihn aufbringen? Ständig steht Gefahr ins Haus. Zumal jedes Vorstandsmitglied seine eigene Macken hat.

Misstraut der Vorstand ihm vielleicht? Ist man ihm bereits auf den Fersen? Hat man etwas gegen ihn in der Hand? Ist er längst eine tote lame duck und alles weitere Abstrampeln sinnlos? Ist er ohne sein Wissen abgemeiert, zweit- oder womöglich drittrangig mit dem Gewicht einer Briefmarke? Entsetzliche, peinigende Vorstellungen! Das geht durch Mark und Bein.

Boshafte Witze über zu protzige Internetauftritte der Oberen oder das ostentative Wegwerfen des ungelesenen Weihnachtsbriefes helfen nicht weiter. Ist es nicht aus reinem Selbstschutz viel geschickter, die positiven Seiten wahrzunehmen und in die Waagschale zu werfen?

Er bewertet also die Vorstandsmitglieder (als wäre es seine Kragenweite, solche Beurteilungen abzugeben!) nach folgender Vergleichsrechnung:

Berns ist Landesfürst. Dies ist zwar nur eine fiktive Annahme, aber ehrlich gesagt, er fühlt sich auch so, oder jedenfalls ähnlich, was seinen Bezirk mit Lokationen in Hessen, Rheinland-Pfalz und dem Saarland angeht. Immerhin nennen seine Leute nur ihn Chef.

Das Vorstandsmitglied ist der König, der mit nur schwacher Bedeckung durch Berns' Sprengel zieht. Er glaubt sich in Sicherheit, da Berns ihm in letzter Zeit unerwartete Zugeständnisse gemacht hat und erwartet weitere Zeichen der Unterwerfung. Berns beobachtet den Zug mit einer Übermacht an guten Kämpfern (selbst gezüchtet!), umgeben von seiner hoch gelegenen Festung aus. Lauert und denkt nach.

Berns orientiert sich bei seinen Überlegungen am Werk *Die Kunst des Krieges* von Sunzi, obwohl dieser vor rund 2500 Jahren lebte. Er hat das Exemplar günstig für 3,50 € auf dem Bonner Flohmarkt in der Rheinaue erworben. Er zieht aus Kapitel fünf ›Kraft‹ für sich die folgende Essenz:

Wer sich darauf versteht, den Feind in Bewegung zu halten, nutzt den äußeren Schein, damit der Feind dieser Täuschung folgt. Er gaukelt dem Feind eine leichte Beute vor, damit dieser zuschlägt, um sie sich zu holen. Der kluge Feldherr hält den Feind auf Trab, indem er ihm vermeintliche Vorteile aufzeigt, er selbst aber mit seinen Männern auf der

Lauer liegt, und den richtigen Zeitpunkt abwartet. Deshalb ist der kluge Feldherr um Kraft bemüht. Männer mit Verantwortung walzen im Kampf den Feind nieder wie unaufhaltsam rollende Steine oder Baumstämme. Ein Fels oder Baumstamm ist ungefährlich in der Ruhe, aber gefährlich, sobald er in Bewegung gerät. Eckiges kann aufgehalten werden, aber Rundes bewegt sich unentwegt weiter. Gute Kämpfer sind deshalb wie eine Gerölllawine, die unaufhaltsam den Berg hinunterstürzt. Das ist die Kraft.

Berns glaubt, gerade über diese Kraft zu verfügen.

Es kann dennoch erst nach Abwägung aller Gesichtspunkte entschieden werden, ob er den König überfallen und töten soll. Bei dieser Entscheidung kann nicht persönliche Sympathie oder Antipathie ausschlaggebend sein. Nicht, dass die Vorstandskönige des Bundesbetriebes durch die Bank weg unsympathisch wären. Oder dass Berns sie gar als Unglück bringende Dämonen stigmatisiert. Bei Weitem nicht. Der jetzige Vorstandssprecher beispielsweise hat bei ihm durch die Bank weg durchaus positiv gepunktet.

Anderseits fühlt sich Berns – wie wir bereits beobachten konnten – allein durch die Existenz der Institution Vorstand bedroht. In diesem Zwiespalt begibt er sich lieber auf einen möglichst neutralen Mittelweg (er ist ja schließlich kein Drachentöter) und legt die seiner Meinung nach folgenden fairen Kriterien für eine sachgemäße Entscheidung an: Er wertet, ob sich das Überleben des Vorstandsmitgliedes positiv für die Erhaltung und Entwicklung des Betriebes und damit als Derivat für Berns' eigene Position auswirken würde.

Könnte die Liquidation das einigermaßen funktionierende System und Gefüge des Betriebes stören? Wenn diese Frage mit Ja zu beantworten wäre, würde Berns Schonung walten lassen. Unter diesem Gesichtspunkt liegt die Überlebenschance der Vorstandskönige immerhin bei – sagen wir mal – so um die fünfzig Prozent. Sie hätten also eine faire Chance.

So weit schön und gut, aber der Arbeitstag geht weiter.

Es wird immer nerviger. Die anfangs erwähnte Chefin in der Zentrale, Frau Wietgräfe-Peckmann, ruft an und ›springt im Dreieck‹, weil Berns sich hinter ihrem Rücken schriftlich beim Vorstand über die schlechte Personalsituation in seiner Niederlassung beschwert hat.

Berns meint, sie solle sich mal nicht so haben. »Jetzt bleiben Sie mal ganz locker.«

Damit gießt er jedoch nur Öl ins Feuer. Sie keift ihn weiter an. Im Vergleich zu anderen Niederlassungen sei er relativ gut besetzt.

Berns stellt das in Abrede. »Das sagen Sie ja jedem Niederlassungsleiter.«

Mit seinem Schreiben hätte er im Übrigen bloß Informationen nachgetragen, die er beim letzten Vorstandsbesuch nicht anbringen konnte. Dieser schriftliche Nachtrag sei sogar vom Vorstand ausdrücklich verlangt worden (das ist glatt gelogen). Dem Anruf seiner Chefin war folgendes Schreiben vorausgegangen:

Matthias Berns, Koblenz, April 2015

Leiter Organisation/Personal
Bundesbetrieb für Infrastruktur
Niederlassung Koblenz

Herrn
Dr. Werner Kluge
Sprecher des Vorstandes

Verwendung von Beschäftigten meines Geschäftsbereiches in der Zentrale
hier: Regierungsamtmann Hart, Nebenstelle Speyer

Sehr geehrter Herr Dr. Kluge,

ich möchte eine kürzlich überraschend und zulasten meines Bezirks getroffene Personalentscheidung zum Anlass nehmen, nochmals auf die besondere Situation der Niederlassung Koblenz hinzuweisen.
Diese ist – bedingt durch die räumliche Nähe zu Bonn – naturgemäß durch Personalabgänge an die Zentrale besonders belastet.
Diese Personalabgänge mussten hingenommen werden, wenn auch auf Kosten der Aufgabenerledigung und der Motivation der mit wesentlich schlechteren Beförderungsmöglichkeiten bei der Niederlassung Koblenz verbleibenden Bediensteten. Anliegende Liste verdeutlicht, in welchem Ausmaß meine Niederlassung in den letzten Jahren davon betroffen ist. Wir müssen mit diesem Problem seit Jahren fertig werden.
Dies gelang und gelingt nur im Rahmen einer gezielten Personalplanung in enger Zusammenarbeit mit der Zentrale und den Leitern meiner Nebenstellen.
So war mit Ihrem Referat Z A 3 aufgrund der Personalanforderungen von Beamten des gehobenen Dienstes durch Ihr Haus festgelegt worden, welche Bewerber für eine Verwendung in der Zentrale in Betracht gezogen werden könnten. In diesem Zusammenhang war u. a. vereinbart worden, dass die Bewerbung des Regierungsamtmanns Hart, Nebenstelle Speyer, aus zwingenden dienstlichen Gründen zurückgestellt werden muss.
Der Beamte ist in dem schwierigen Arbeitsgebiet Verwaltung von bundeseigenen Wasserstraßenanliegergrundstücken südliche Weinstraße eingesetzt und mit der Durchführung des bedeutsamen Projekts ›Erfassung von Brückenschäden‹ befasst.

In den vorausgegangenen Jahren ist es durch häufigen Sachbearbeiterwechsel in diesem Arbeitsgebiet zu erheblichen Problemen bei der Durchführung des Projektes gekommen, die nur nicht zu vielerlei Beschwerden, sondern im Ergebnis auch zu finanziellen Nachteilen für den Bundesbetrieb geführt haben.

Dabei ist der häufige Sachbearbeiterwechsel in diesem Arbeitsgebiet ausschließlich auf die Verwendung dieser Bediensteten in Ihrem Hause zurückzuführen. Hierbei handelt es sich um die Sachbearbeiter Klaus Mansfeld, Peter Schneider und Thomas Conen.

Wenn nun allerdings – wie geschehen – sich ein nicht zuständiges Referat über eine solche Absprache hinwegsetzt und Regierungsamtmann Hart ohne Wissen des zuständigen Nebenstellenleiters oder der zuständigen Niederlassung und anscheinend ohne Zustimmung und Wissen Ihrer Personalabteilung zu einem Vorstellungstermin einlädt und zusagt, eine Verwendung in der Zentrale einzuleiten, ist jegliche vernünftige Personalplanung hinfällig.

Zudem verlieren die Niederlassungsleiter und die Leiter der Nebenstellen die zur Bewältigung der angespannten Personallage notwendige Autorität und das Vertrauen der Bediensteten.

Leider hat die Angelegenheit hier den Eindruck hinterlassen, dass die Bereitwilligkeit, mit der die Niederlassung Koblenz bisher Personalwechseln in die Zentrale des Bundesbetriebes für Infrastruktur zugestimmt hat, dazu benutzt wurde, sich über die o. a. Absprache hinwegzusetzen.

Ich bitte deshalb um Ihre Unterstützung, dass künftig derartige Fälle vermieden werden können und Personalwechsel nur nach Absprache mit der Niederlassung Koblenz vorgenommen werden.

In diesem Zusammenhang darf ich an Ihr Verständnis erinnern, dass Sie bei Ihrem Besuch am 20. Februar dieses Jahres für die schwierige Personallage der Niederlassung Koblenz gezeigt haben.

Mit freundlichen Grüßen

(Berns)

Nach langem Hin und Her akzeptiert Frau Wietgräfe-Peckmann Berns' Alleingang unter dem Vorbehalt, dass es der erste und der letzte war. Sie weigert sich aber, die Aktion als Notwehr oder Selbsthilfe einzustufen. Berns, entnervt und deshalb ungewöhnlich streitbar, verbittet sich den von ihr angeschlagenen scharfen Ton, räumt allerdings ein, dass ihm einfach ›die Sau durchgegangen‹ sei. Man ließe ihn schließlich oft ganz schön im Regen stehen. Deshalb habe er die Flucht nach vorne antreten müssen. Nach dem Schlagabtausch herrscht jedenfalls fürs Erste Ruhe und Harmonie. Beide haben Wichtigeres zu tun, als sich gegenseitig fertigzumachen. Beide haben ihr Gesicht gewahrt. Alles ist gut, alles wird besser. Wir sehen keine Veranlassung, dies zu bezweifeln.

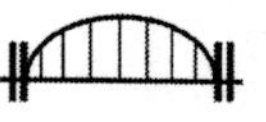

Bundesbetrieb für
Infrastruktur

Bundesbetrieb für Infrastruktur, Postfach 96784, 53114 Bonn

Klaus Wiedergang
Mitglied des Vorstandes

Frau Regierungspräsidentin
Dr. Cornelia Simon
Krieterstraße 6-8
55112 Mainz

Römlinghovener Str. 40
53227 Bonn

Tel.: +49(0)228 3706-102 (oder -0)
Fax: +49(0)228 3706-101
klaus-wiedergang@infrastruktur.de

www.bundesstruktur.de

Datum: 02. März 2015

Sehr geehrte Frau Dr. Simon,

gerade ist mir ein Ausschnitt aus der ›Rundschau – Kreis Worms/Rheinhessen‹ vom 27. Februar vorgelegt worden (Kopie anbei). Danach sollen Sie gesagt haben, dass mit dem Bundesbetrieb für Infrastruktur leider nicht vernünftig umzugehen sei.
In meiner Irritation hoffe ich zunächst einmal, dass es sich um eine ›Ente‹ handelt.
Andernfalls interessiert mich dringend, ob Ihre Beobachtung ausschließlich den Komplex ›Umgehung Preisberg‹ oder eine Mehrzahl von Fällen betrifft und was im Einzelnen eine so harte Bewertung rechtfertigt.
Bitte ermöglichen Sie mir, zu einem vernünftigen Umgang miteinander beizutragen, falls es dessen bedarf.

Mit freundlichen Grüßen

gez.
Klaus Wiedergang
(nach Diktat verreist)

Kapitel 7

Vakanzentänzer

Förmliche Verpflichtung

Punkt 12.00 Uhr. Berns macht sich auf den Weg zur nahe gelegenen Kantine im Landesamt für Verwaltung. Auf dem Flur wie bei einem Spießrutenlauf »Mahlzeit«, »Mahlzeit«, »Mahlzeit«. Vereinzelt neuerdings auch »Hallo«. Berns, der immer befürchtet hat, dass der alte mittägliche Kollegengruß »Mahlzeit« trotz seiner Abgedroschenheit unersetzbar bleiben würde, freut sich über diese Entwicklung. Dennoch spielt er weiter mit dem Gedanken, eine witzig aufgemachte Auslobung für alternative mittägliche Grußworte zu initiieren. Als ersten Preis vielleicht ein Gutschein für ein Kantinenessen? Im Grunde ist Berns der festen Überzeugung, dass das Wort Mahlzeit anders als die sinnlosen Füllwörter ›definitiv‹, ›okay‹ oder ›absolut‹ nie aufgegeben wird.

Ist man beim Mittagessen eigentlich unfallversichert?

Berns kommt dazu Folgendes in Erinnerung: Während der Gang zur oder von der Kantine als versicherter Wege-unfall, als Unfall auf dem Weg von oder zur Arbeit einge-ordnet wird, gilt Mittagessen an sich als Privatangelegen-heit. Wer sich demzufolge beim Essen verschluckt und dadurch einen Unfall erleidet, ist nicht versichert. Etwas anderes kann dann gelten, wenn die Nahrungsaufnahme einer spezifischen Stärkung der Arbeitsleistung dient, wenn etwa eine besonders anstrengende und schweißtreibende kör-perliche Arbeit zu verrichten ist. Wer hingegen in einem Hei-zungskeller Kohle schaufelt, ist versichert, wenn er sich bei der Arbeit beim Öffnen einer Getränkedose verletzt. Denn im genannten Beispiel ist die Getränkeeinnahme notwen-dig, um die Arbeitserbringung zu gewährleisten.

Für normale Fälle gilt das freilich nicht: Das Sozialgericht Dresden (Beschl. vom 1.10.2013 – Az. S 5 U 113/13) hatte einen Fall zu beurteilen, in dem ein Arbeitnehmer beim Warten an einem Kopiergerät ein Getränk öffnete und sich beim Trinken mehrere Zahnspitzen abbrach. Das Gericht verneinte einen Arbeitsunfall – das Trinken stelle hier lediglich ein menschliches Grundbedürfnis ohne besonderen Arbeitsbezug dar; die Kopiertätigkeit sei auch keine besonders anstrengende Arbeit, die ein außergewöhnliches Durstgefühl hervorrufe.

Bürohengste haben also insoweit schlechte Karten.

Das Essen in der Kantine ist ganz vernünftig, wenn auch nicht mehr zeitgemäß. Nur zwei verschiedene Hauptgerichte, dabei keine freie Komponentenauswahl. Dafür preisgünstig und für die Mehrheit der Kundschaft entscheidend: reichlich. Donnerstag ist Schnitzeltag. Er wählt zerstreut serbisches Reisfleisch.

Was isst Berns eigentlich gerne?

Kohlrouladen mit Klößen und Sauerkraut (nicht Rotkraut),

Entrecote, wegen der Fettaugen,

Ravioli,

alle Arten von Nudeln,

Haselnusseis.

Spargel, aber nur mit zerlassener Butter und nicht mit Sauce hollandaise oder Kapern oder anderem überflüssigen Kram.

Nierengulasch, aber nur an einem bestimmten Imbiss in Koblenz (dort bedienen zwei Frauen, denen man ihre vielfältige Lebenserfahrung ansieht und die Berns insgeheim nur die ›harten Frauen‹ nennt).

Tartar mit viel Sardellen, ohne Kapern.

Berns isst nicht gerne:

Rotkraut

(Kindheitstrauma, statt nur Klöße mit Soße zur Weihnachtsgans zwangen ihm die Eltern als Beilage Rotkraut auf).

Apfelmus

(Kindheitstrauma, der kleine Berns wurde gezwungen zu Reibekuchen, die er gerne immer nur ›pur‹ gegessen hätte, auch Apfelmus zu sich zu nehmen).

Mais (zu süß),

Banane (zu süß).

Obwohl an einem von Kollegen besetzten Tisch ein Stuhl frei wäre, nimmt sich Berns einen eigenen Tisch. Tut so, als hätte er sie nicht gesehen. Wenigstens in der Mittagspause mal seine Ruhe haben.

In der Kantine des Bundesministeriums für Bauen, Infrastruktur und Wohnungsfürsorge war das Essen besser, wenn auch teurer. Dennoch denkt Berns ungern an seine dort verbrachte Abordnungszeit (Jargon: Kinderlandverschickung) zurück.

Als sogenannter ›Jungfuchs‹ tut sich Berns in einem der Personalreferate des großen Ministeriums anfänglich sehr schwer. Als Jurist und Angehöriger des höheren Dienstes glaubt er, sofort in allen Aufgabenfeldern brillieren zu können.

Lassen wir diesen fast schon ins Pathologische gehenden Wesenszug jetzt beiseite. Wer Berns kennt, vermutet in der Tat zu Recht, dass er mit der raschen Erfassung und Durchdringung der vielfältigen Aufgabenbereiche des Ministeriums intellektuell überfordert ist. Berns, nach gut anderthalb Jahren endlich selbst zu dieser Erkenntnis gekommen, sieht sich gezwungen, wieder einmal seine gesamte Kampfkraft in die Waagschale zu werfen, um bestehen zu können. Einsatzfreude schlägt Qualität, ein Motto, scheinbar geradezu auf seine Person zugeschnitten.

Zu einer seiner ältesten Schachzüge zählt, das Büro früher als alle anderen zu betreten und dafür zu sorgen, dass dies jeder mitbekommt. So finden seine näher sitzenden Kolleginnen und Kollegen nach einer warmen Sommernacht ihre Büros schon morgens fachmännisch gelüftet vor, Frühaufsteher Berns hat natürlich, ohne vorher zu fragen, alle Fenster geöffnet.

Seine Sätze beginnen oft mit: »Als ich heute früh ...« oder »Heute Morgen kam mir der Gedanke ...« und »Als ich vor einer Stunde ...«

Wenn er es dann noch schafft, versucht Berns möglichst spät zu gehen, selbst wenn er in den letzten drei Stunden vor Abgang zu keinem vernünftigen Gedankengang mehr fähig ist. An solchen Tagen achtet er darauf, dass sich möglichst viele Vorgesetzte im Hause befinden und ihn zur Kenntnis nehmen, ja er gibt sich alle Mühe, in den labyrinthähnlichen Gängen des Dienstgebäudes ihre Wege zu kreuzen.

Berns erreichte das Gegenteil. Seine ständige Präsenz wird ihm von der ausgebufften ministeriellen Kollegenschaft ausschließlich zu seinem Nachteil ausgelegt. Er gilt jetzt nicht nur als minder begabtes Greenhorn, sondern zusätzlich als langsam und schwerfällig, eben jemand, der aufgrund seiner Beschränktheit zu viel Zeit zur Aufgabenerledigung benötigt und obendrein in puncto Arbeitszeit auch noch die Preise verdirbt.

Gesamturteil: gutmütig und fleißig, aber langsam und minderbemittelt – diese Bewertung kann er nicht nur aus den mitleidigen Mienen der mit ihm auf Arbeitsebene kooperierenden Referenten und Oberamtsräten, sondern auch von den kleinsten Mitarbeiterinnen und Mitarbeitern bis hin zu den Schreibkräften erkennen. Ja selbst die Büroboten sehen Berns mit geringschätzigem Hochmut über die Schulter an und diskreditieren ihn damit unter ihre und damit unter die unterste Hierarchiestufe. Berns ist zum Subproletariat des Ministeriums geworden!

Jetzt wäre allerdings Berns nicht Berns, wenn er diese Situation (und gibt es im Berufsleben eine verletzendere?) hingenommen hätte. Dabei kommt ihm – wie so oft – der Zufall zu Hilfe.

Am Nebentisch in der spartanisch eingerichteten Kantine, Berns sitzt wieder einmal alleine, entwickelt sich zwischen den altgedienten Oberamtsräten Vollstedt und Schröder eine hitzige Diskussion über den Einsatz sogenannter Vakanzentänzer.

Vakanzentänzer, ein Wort, das sich in keinem Lexikon, in keiner Internetsuchmaschine nachschlagen lässt, das in jeder automatischen Rechtschreibprüfung sofort rot unterstrichen wird. Der Begriff erweckt Gedanken an Eintänzer, Gigolos, Latinlover und Männer für gewisse Stunden. Weit gefehlt. Romantik und Abenteuer sind hier nicht am Platze, werden nur vorgetäuscht. In der Realität der Ministerialverwaltung ist das Institut des Vakanzentänzers personalwirtschaftlich, organisatorisch und haushälterisch eine gewagte, heikle Angelegenheit. In dieser äußerst schwierigen Materie können nur ausgefuchste, langjährige Ministerialbeamte bestehen, das heißt, keinesfalls Leute wie Berns. Oder vielleicht doch?

Einfach, also mit Berns' Worten erklärt: Da jeder Dienstposten (konkreter Arbeitsplatz mit bestimmten Aufgaben) in den Ministerien von einer im jeweiligen Haushalt ausgewiesenen Planstelle gedeckt sein muss, können Dienstposten nicht ohne entsprechende Planstellen besetzt werden. Oft besteht aber die dringende Notwendigkeit, einen Dienstposten zu besetzen, ohne dass zu seiner Deckung eine Planstelle bereitsteht.

Nun sind viele Dienstposten in den Ministerien mit Beamten aus der Außenverwaltung besetzt, die erst nach einer Erprobungszeit bei nachgewiesener Eignung auf eine Planstelle des Ministeriums versetzt und umgebucht werden. Bis zu diesem Zeitpunkt, in der Regel nach sechs Monaten, verbleiben die Kandidaten auf ihren Planstellen der Außenverwaltung und werden auf diesen auch gebucht.

Dies heißt wiederum, dass die Dienstposten, die mit Beamten aus der Außenverwaltung in der Probezeit besetzt sind, durch Planstellen der Außenverwaltung abgedeckt werden und somit die für diese Dienstposten zur Verfügung stehenden Planstellen des Ministeriums nicht in Anspruch genommen werden müssen.

Jetzt kommt das Institut Vakanzentänzer zum Tragen. Auf diesen, nicht in Anspruch genommenen Planstellen des Ministeriums, können zusätzliche Dienstposten gebucht werden, allerdings nur für den Zeitraum, in dem die jeweilige Planstelle nicht für den Beamten benötigt wird, der nach bestandener Probezeit an das Ministerium versetzt wird und dann eine Planstelle benötigt. Die auf diesen Stellen geführten Beamten tanzen also von Vakanz zu Vakanz.

Ein Verfahren, das, neben dem ständigen Überblick über die Planstellensituation, Intuition und große Verwegenheit erfordert; Eigenschaften die Beamten nun einmal nicht nachgesagt werden. Denn geht die Rechnung nicht auf, fällt der Vakanzentänzer in ein Planstellenloch und ist ohne haushälterische Deckung – ein untragbarer Zustand, vergleichbar etwa mit einem Menschen ohne Papiere, einem Klon oder Alien. Einen Vakanzentänzer einzusetzen oder ›laufen‹ zu lassen, hebt deshalb die Reputation erheblich. Der Veranlasser gilt allgemein als kaltschnäuzig und kompetent.

Wie Berns am Nebentisch erlauscht, hatte Vollstedt einen Vakanzentänzer im höheren Dienst, Schröder einen solchen im gehobenen Dienst laufen.

Berns sieht plötzlich seine große Chance gekommen,

sich endlich zu profilieren. Er geht deshalb das Risiko ein, ihrem Beispiel zu folgen. Er entscheidet sich für den gehobenen Dienst. Allerdings mit nur halbherziger Unterstützung seines übervorsichtigen Referatsleiters Dr. Wydra, der ihm unverhohlen zu verstehen gibt, dass bei einem Scheitern des Vorhabens, Berns das gejagte Karnickel sein wird. Und Berns hat Glück, die Sache läuft verhältnismäßig reibungslos, auch wenn er die eine oder andere Nacht schweißgebadet auffährt. Geschickt versteht er, sein Hasardspiel unter der Hand den Kollegen zu unterbreiten, die erfahrungsgemäß für eine breite Streuung sorgen.

Und diesmal geht Berns' Rechnung auf. Allerdings nur zunächst. Kollegen, die sich bereits von ihm abgewandt haben, werden wieder zugänglich. Seine Leistungen werden mit positiver Voreingenommenheit bewertet. Hinter noch so flachen Äußerungen wird ein versteckter Sinn vermutet. Schwächen und Ungeschicklichkeiten werden zu entschuldbaren, ja sogar liebenswerten Marotten. Berns sitzt nicht mehr allein in der Kantine. Die Zahl der Gratulanten zu seinem letzten Geburtstag ist jedenfalls beachtlich.

Bei näherem Hinsehen bleibt jedoch ein fader Nachgeschmack. Objekt der Bewunderung ist nämlich in Wahrheit nicht Berns. Dafür erscheint er einfach zu simpel. Gemeint ist das kühne Fanal seiner Tat der Selbstbefreiung aus einem aus Angst geschmiedeten Vorschriftenpanzer, zu der den meisten der Mut fehlt und auch ihr gesamtes Leben über fehlen wird. Diese Erkenntnis ist für uns das wirklich Erschütternde an Berns' Aktion. Hier leistet sich einer von ihnen, obwohl er unter strenger Aufsicht der Ministerialbürokratie steht, ein fast orgiastisches Gefühl der Freiheit. Hier wird ein Paragrafenreiter direkt unter ihren Augen urplötzlich zum vielleicht nicht tollkühnen, aber zumindest kühnen Anarchisten.

Leider verblasst der von Berns so sauer verdiente Ruhm mit der Zeit zunehmend. Wer will denn einen Bungeespringer monatelang für seinen einen kühnen Sprung loben? Außerdem ist hier im Ministerium die atmosphärische Luftzirkulation nicht nur ›bleihaltiger‹, sondern auch unbeständiger. Wer zum Beispiel ›abgeschossen‹ oder in den Ruhestand versetzt wird, gerät nach Sartanas (so etwas Ähnliches wie Django) Motto: ›Noch warm und schon Sand darauf‹ in kürzester Zeit in Vergessenheit. Ähnlich geringe Halbwertszeiten haben allerdings auch Erfolge.

Alles in allem bleibt die Erinnerung an die Zeit im Ministerium mit einem schalen Nachgeschmack behaftet. Das ist bei Berns ja immer so. Für glückliche – in der Regel verflucht kurze – Momente wird er schnell abgestraft. Nach Erfolg kommt unweigerlich Misserfolg. Irgendwas ist immer.

Er beendet nachdenklich sein Essen, das serbische Reisfleisch (warm und reichlich) ist verzehrt; es gibt keinen Grund, den Aufbruch hinauszuschieben. Berns hat plötzlich überhaupt keinen Bock auf seinen Arbeitsplatz. Ist er jetzt in das sogenannte ›Suppenkoma‹ (Erschöpfungszustand nach der Mittagsmahlzeit) gefallen?

Wir können ihm nur raten, möglichst schnell aufzuwachen, um den weiteren Anforderungen des Tages – die nicht von Pappe sind – gerecht werden zu können.

Routine: Förmliche Verpflichtung

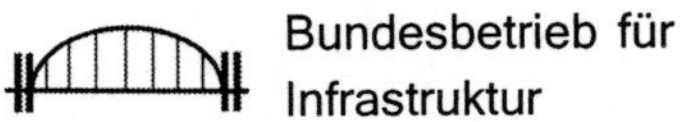

Bundesbetrieb für
Infrastruktur

Niederschrift
über
die förmliche Verpflichtung nicht beamteter Personen

verhandelt

Koblenz, den 4. März 2015

Vor der zur Verpflichtung zuständigen Person erschien heute zum Zwecke der

- Verpflichtung nach § 1 des Gesetzes über die förmliche Verpflichtung nichtbeamteter Personen 19. März 1976 (BGBl.I S. 547) sowie der

- Verpflichtung zur Wahrnehmung des Datengeheimnisses nach § 5 des Bundesdatenschutzgesetzes (BDSG) in der Fassung der Bekanntmachung vom 14. Januar 2003 (BGBL.I S. 66), zuletzt geändert durch Artikel 1 des Gesetzes vom 25. Februar 2015 (BGBl.I S. 162).

Frau (unbefristet/Vollzeit) Kasper

Die Erschienene wurde auf die gewissenhafte Erfüllung ihrer Obliegenheiten verpflichtet. Ihr wurde der Inhalt der folgenden Strafvorschriften des Strafgesetzbuches bekannt gegeben:

§ 133 Abs. 3 – Verwahrungsbruch

§ 201 Abs. 3 – Verletzung der Vertraulichkeit des Wortes

§ 203 Abs. 2, 4, 5 – Verletzung von Privatgeheimnissen

§ 204 – Verwertung fremder Geheimnisse

§§ 331, 332 – Vorteilsannahme und Bestechlichkeit

§ 353b – Verletzung des Dienstgeheimnisses und einer besonderen Geheimhaltungspflicht

§ 358 – Nebenfolgen

§ 97b Abs. 2 i. V. m. § 94 bis 97 – Verrat in irriger Annahme eines illegalen Geheimnisses

§ 120 Abs. 2 – Gefangenenbefreiung

§ 355 – Verletzung des Steuergeheimnisses

Die Erschienene wurde darauf hingewiesen, dass die vorgenannten Strafvorschriften aufgrund der Verpflichtung für sie anzuwenden sind.

Die Erschienene wurde ferner auf die Wahrung des Datengeheimnisses nach § 5 BDSG verpflichtet. Es ist nach dieser Vorschrift untersagt, unbefugt personenbezogene Daten zu erheben, zu verarbeiten oder zu nutzen. Diese Verpflichtung besteht auch nach Beendigung der Tätigkeit fort. Verstöße gegen die Datengeheimnisse können nach §§ 44, 43 Abs. 2 BDSG sowie nach anderen Strafvorschriften mit Freiheits- oder Geldstrafe geahndet werden. In der Verletzung des Datengeheimnisses kann zugleich eine Verletzung arbeits- oder dienstrechtlicher Schweigepflichten liegen.

Sie erklärt, nunmehr von dem Inhalt der genannten Bestimmungen unterrichtet zu sein. Sie unterzeichnet dieses Protokoll nach Verlesung zum Zeichen der Genehmigung und bestätigt gleichzeitig den Empfang einer Abschrift der Niederschrift und der oben genannten Vorschriften.

Vorgelesen und genehmigt:

Unterschrift der verpflichtenden Person
(Berns)

Unterschrift der verpflichteten Person
(Kasper)

Kapitel 8

Berns und die Deutschen

Sonderurlaub

Berns' Gewohnheit, ständig seine Mitmenschen zu beobachten, machen ihm immer wieder schmerzhaft bewusst, dass er die Deutschen nie verstehen wird. Schmerzhaft, weil das Gefühl, Außenseiter zu sein, gerade für Berns durch Anpassung geprägte Lebensstrategie ein hohes Maß an Selbstverleugnung abverlangt. Anderseits zieht er daraus auch eine gewisse Genugtuung, weil das Wissen, andersartig und damit nach seiner Einschätzung auch überlegen zu sein, Suchtstoff und Antrieb für seine Existenz ist.

An diesem Punkt sollten wir anhalten und uns klar werden: Wir dürfen ihn in diesem Zusammenhang nicht falsch verstehen. Natürlich ist die Frage: »Handelt es sich bei Berns um einen typischen Deutschen?« mit einem vorbehaltlosen Nein zu beantworten. Aber – Berns ist gerne Deutscher! Der Gedanke, aus dem Land der ewig dozierenden Schulmeister, der Subalternen, denen der Rohrstock tief im Blut liegt (Erich Kästner), in ein anderes Land zu emigrieren, wäre für seine Denkstrukturen so absurd, dass er ihm nie gekommen ist.

Berns zitiert dann gerne Heinrich Heine: »Ich weiß, daß ich eine der deutschesten Bestien bin, ich weiß nur zu gut, daß mir das Deutsche das ist, was dem Fische das Wasser ist, daß ich aus diesem Lebenselement nicht heraus kann, und daß ich – um das Fischgleichniß beyzubehalten – zum Stockfisch vertrocknen muß, wenn ich – um das wäßrige Gleichniß beyzubehalten – aus dem Wasser des deutschthümlichen herausspringe. Ich liebe sogar im Grunde das Deutsche mehr als alles auf der Welt, ich habe meine Lust und Freude daran, und meine Brust ist ein Archiv deutschen Gefühls«.

Im Übrigen wäre er – und wir wollen gar nicht erst versuchen, das zu verleugnen – nicht nur wegen seiner leicht autistischen Veranlagung, sondern auch wegen seiner allgemeinen Unfähigkeit, fremde Kulturen und Sprachen zu adaptieren, zu einer Emigration gar nicht in der Lage. Nein, lassen wir diesen Gedanken schnell fallen. Dennoch spürt Berns seine Einsamkeit. Allein als Deutscher unter Deutschen. Gesprächsthemen wie Stromanbieterwechsel, Benzinpreise, Pkw-Maut, Flatratekonditionen, Urlaubsorte, Rabatte, Grillen im Sommer, Weihnachtsmärkte im Winter, verstärken sein Gefühl des Ausgestoßenseins. Sie kotzen ihn buchstäblich an. Er leidet unter den aufdeckenden und rechthaberischen, den Büchermarkt überschwemmenden Ergüssen wie ›1000 Irrtümer der Allgemeinbildung‹, ›Die populärsten Sexirrtümer‹, ›Lexikon der Medizinirrtümer‹, ›Die 100 größten Irrtümer über Essen, Schlanksein und Diäten‹, ›444 neue populäre Irrtümer‹ usw. usw.

Alles wird kritisiert, angeprangert, korrigiert und richtiggestellt. Alles wird mit auf die Stirn geklebter Feinstaubplakette entlarvt und sogar denunziert.

Eine Enthüllungsgesellschaft ohne Rückgrat. Meckern als Handlungsersatz.

Auch das deutsche Fernsehen nervt Berns mit Sendungen wie ›Marktcheck‹, ›Ein Sternekoch räumt auf‹, ›Die Kochprofis‹, ›Der Bauretter‹, und nicht zu vergessen ›Die Holzlüge‹. Immer der belehrend erhobene Zeigefinger, immer das selbstgerecht Belehrende, stets bereit, Verhaltensmaßregeln zu erteilen. Selbst die vom eingefleischten Fußballfan Berns hin und wieder frequentierte sonntägliche Talkrunde ›Doppelpass‹ kommt nicht ohne eine für die deutsche Seele typische Diskussion über vermeintliche Schiedsrichterfehlentscheidungen aus, ja überhöht sie sogar zu einem wichtigen Bestandteil der Sendung. Klugscheißerei und

Rechthaberei wohin man blickt. Mit Hochgenuss zelebriert.

Berns überlegt: Machen diese unangenehmen Eigenschaften uns zu Außenseitern in der Völkergemeinschaft?

Der von Berns so hoch geschätzte Franz Kafka hat Anfang der Zwanzigerjahre neben den Juden die Deutschen als Ausgestoßene bezeichnet. Sie hätten vieles gemeinsam. Sie seien strebsam, tüchtig, fleißig und gründlich. Sind diese Attribute denn zwingend mit der deutschen Schulmeistermentalität verbunden? Eine Frage, die Berns nicht beantworten kann. Auch wir hätten große Mühe damit.

Der erhobene Zeigefinger, die typische deutsche Pose? Wäre der Stinkefinger nicht geeigneter? Lassen wir nun diese ärgerlichen und albernen Witze. Kümmern wir uns lieber um Berns' Seelenzustand.

Berns ist der Überzeugung, dass der Deutsche einfach nicht zu ändern ist. Jedenfalls nicht durch ihn. Schließlich ist er kein Weltverbesserer. Er hat mit sich selbst genug zu tun. Dem können wir nur nachdrücklich zustimmen! Dennoch ist Berns immer wieder enttäuscht von seinen deutschen Mitmenschen, ja man kann sogar von einer gewissen Verbitterung sprechen. Mindestens genervt bis zum Gehtnichtmehr.

Seine Teilnahme am Wettbewerb ›Das schönste deutsche Wort‹ im Jahre 2004 hat seine Vorurteile bestätigt, war das sprichwörtliche ›Pünktchen auf dem i‹. Berns, im Bewusstsein seiner poetischen und hochsensiblen Prägung und mit der trügerischen Hoffnung auf einen leichten Erfolg (bei 22.838, in Worten zweiundzwanzigtausendachthundertachtunddreißig Einsendungen – wir kommentieren das an dieser Stelle lieber nicht!), reicht das Wort ›Herbstzeitlose‹ ein. Die Trivialnamen lauten Giftkrokus, Hundsblume, Herbstvergessene, Herbstlilie. In seiner Begründung erläutert er die typisch deutsche Namenssymbolik. Das Wort Herbst steht für einen Alterungsprozess aus überreifer Schönheit. Im Wortteil zeitlos sieht Berns einen Hinweis auf das ewige Leben. Dazu im Widerspruch, fast dialektisch, die Hochgiftigkeit der Pflanze, die die Nähe zum Tod aufzeigt. Melancholie und Ambivalenz in einem Wort.

Für ein gut entwickeltes deutsches Gehirn eigentlich ein Festschmaus wie Rinderroulade mit Rotkohl und Klößen.

Zu Berns' Ärger fällt sein Vorschlag durch. Die Jury wählt nicht nur die Wörter ›Geborgenheit‹, ›lieben‹, ›Augenblick‹, ›Rhabarbermarmelade (!)‹ auf die führenden Plätze, sondern kürt sogar das Wort ›Habseligkeiten‹ mit dem ersten Platz.

Warum gerade Habseligkeiten? Das Wort existiert sogar selten in Singularform. Unsere Quellen, insbesondere die veröffentlichte Vorschlagsbegründung, bieten dafür nur wenig Anhaltspunkte. Wir wissen, dass die Jury aus namhaften Spektabilitäten, wie zum Beispiel Volker Finke, Herbert Grönemeyer, Christian Kracht, Uwe Timm und Joseph Vilsmaier, zusammengesetzt war, alles Persönlichkeiten, denen Berns grundsätzlich positiv gegenüber eingestellt ist. Somit muss die Entscheidung ja über jeden Zweifel erhaben sein. Also nur gekränkte Eitelkeit? Da könnte unserer Meinung nach was dran sein. Berns sieht das natürlich völlig anders.

Wie auch immer, in solchen Augenblicken schließt sich für ihn der Kreis der Unerträglichkeiten. In solchen Momenten ist er fertig mit den Deutschen. Redet dann im Freundes- und Kollegenkreis gerne von Stammtischmentalität und Beschränktheit. Spottet über Obrigkeitsdenken und fehlende Zivilcourage. Verurteilt Kadavergehorsam, Subalternität und Untertanengeist. Hat ausgerechnet Berns die Legitimation dazu? Wer wollte das entscheiden? Gedanken kann man sich ja wohl noch machen.

Sind die Deutschen denn alle ängstliche Feiglinge?

Heißt das, dass Berns keine Angst hat?

Der kleine Berns hatte immer Angst.

Nicht Scheu, Schüchternheit, Hemmungen, Verlegenheit, nicht Zaghaftigkeit, Unsicherheit, sondern eine tief verwurzelte Urangst. Urangst, die zittern lässt, zum Schwitzen bringt, Atemnot, Übelkeit und Herzrasen verursacht.

Angst, dass die Mutter verspätet oder gar nicht wiederkommt. Angst vor der Dunkelheit. Angst, allein im Bett schlafen zu müssen.

Lebensangst. Angst vor dem Vater, vor Lehrern, vor fremden Erwachsenen, vor fremden Kindern. Fasst jeden schrägen Blick, jede nicht alltägliche Bemerkung, jede scheinbar aggressive Bewegung als Angriff auf, dem nur durch unverzügliche, rasche Flucht oder Verstecken zu entgehen ist.

Dann der Befreiungsschlag.

Berns ist zwölf. Ein Freibad in Südhessen am Rande des Rhein-Main-Gebietes. Blaugrüne Fliesen, Fünfzigerjahre-Charme. Hochsommer, keine Wolke am Himmel. Brütende Hitze. Berns, zu klein für sein Alter, mager, drahtig, unruhig, lungert am Beckenrand. Er ist in Begleitung seines einzigen, drei Jahre älteren Bruders Wolfgang. Dieser, Mathematik- und Physikgenie, Inselbegabung, ist anders als alle älteren Brüder. Leidet Berns darunter? Nein, er weiß, dass Wolfgang etwas ganz Besonderes ist. Will ihn dennoch so haben, wie andere größere Brüder sein könnten. Kommt Besuch von Wolfgangs Klassenkameraden nach Hause, gibt Berns seine Karl-May-Bücher als Wolfgang gehörend aus. Sein Fußball ist Wolfgangs Fußball.

Wolfgang ist im Wasser, Bahnen schwimmend. Der linke Arm, von Geburt an verkürzt, wirkt bei den Kraulbewegungen unbeholfen. Ein Junge mit pissfarbenem Haar springt ins Wasser und äfft Wolfgang schwimmend nach. Nicht besonders gut; wenigstens kaum Zuschauer. Also steigt er nach kurzer Zeit wieder aus dem Wasser. Kaum im Duschbecken angekommen, ist Berns bei ihm. Schlägt zu, stößt, versucht einen Schwitzkasten anzusetzen. Der Junge, größer und kräftiger als Berns, ist zunächst überrascht. Berns hat ihn glücklicherweise so getroffen, dass seine Nase blutet. Dann setzt sich dessen körperliche Überlegenheit durch, er packt Berns, beide rutschen aus und gleiten ins Duschbecken. Keuchend ringend gewinnt der andere immer mehr die Oberhand. Da werden beide roh auseinandergerissen. Zwei ältere Kerle, fast schon Männer, zerren die Widersacher aus dem Wasser. Sie wollen wohl ihren sie begleitenden Mädchen imponieren.

»Die zwa klaane Stoppelhopser bringe sich noch um«, kräht der eine.

Sie stoßen Berns und seinen Gegner in verschiedene Richtungen. Bevor sie ihren Weg zum Schwimmbadkiosk lachend fortsetzen, bekommt Berns einen kräftigen Tritt in den Hintern, sein Feind hat sich rechtzeitig verkrümelt.

Berns sammelt sich. Trotz der entwürdigenden Behandlung seines Gesäßes fühlt er sich als Sieger, als großer Rächer. Triumphgefühle steigen in ihm auf. Er sieht hin zu seinem Bruder. Der schwimmt ruhig weiter, als wäre nichts geschehen. Berns friert plötzlich.

Es gibt auch andere Erinnerungen. Schauplatz merkwürdigerweise erneut das Freibad, als hätte sich Berns' gesamte Jugend dort abgespielt. Draußen an den Fahrradständern beim Weggehen. Berns und Wolfgang in Begleitung von Berns' Freund, Karlheinz Gansen. Gansen gerät in Streit mit einem fremden Jungen, weil die beiden sich beim Herausziehen der Räder aus dem Ständer behindern. Der Junge droht Gansen Prügel an. Gansen, mit der ganzen Verschlagenheit eines Internatsschülers, bittet den einen Kopf größeren Wolfgang, sich neben ihn zu stellen. Würde er auf Befehl Gansens dem fremden Jungen etwas antun? Natürlich nicht. Wolfgang hat sich nie geprügelt. Der fremde Junge weiß das aber nicht.

Auf Gansens Forderung, die Androhung von Prügeln jetzt noch einmal zu wiederholen, kneift er jedenfalls. »Net solange der Große bei dir steht«, sagt er und macht sich dann davon. Berns ist stolz auf seinen Bruder.

Es gibt weitere glückhafte Erinnerungen an die gemeinsame Kindheit. Ihre gemeinsamen fantasievollen Spiele sind großartig in ihrer Einzigartigkeit. Vier mal sechs Zentimeter große Abreißkalenderblätter werden zu Rittern, Indianern (Berns' Favorit ist der Apache, Mittwoch, 6. März), Cowboys und Soldaten, bewaffnet mit Flohspielmarken, die todbringend auf die Feinde geschnippt werden. Mithilfe der Matador-Holzbaukästen werden flache Häuser und Forts gebastelt. Weiße, in der Mitte geknickte Briefumschläge sind Zelte. Die roten Ziffern der sonntäglichen Kalenderblätter weisen Häuptlinge oder Offiziere aus. Blätter, die als Sheriffs ausgewählt werden, bekommen mit dem Kuli einen Stern aufgemalt. Umgedrehte Spielkarten sind Pferde. In der Ritterwelt – die Flohspielmarken fallen als Feuerwaffen ja weg – verkörpern Bierflaschenkronenkorken metallene Schilde. Nadeln sind Schwerter, Nägel Spieße. Die Kinder sitzen auf dem mit einem verschlissenen graubraunen Teppich bedeckten Wohnzimmerfußboden und spielen, spielen, spielen. Die Eltern rätseln, ob diese im Spiel zutage tretenden, fast orgiastischen Fantasieausbrüche noch gesund sind oder bereits dem Bereich der Anomalität zugerechnet werden müssen. Fremde Kinder, die zu Besuch sind, versuchen mitzumachen; scheitern, geben auf, können nicht mithalten. Vielleicht muss man in diese fast absurde Fantasiewelt hineingeboren sein. Seiteneinsteiger kann es hier nicht geben.

Keine Seiteneinsteiger, aber Störer. Der Vater, der nach dem Krieg plötzlich Nazi wurde. Ein Mann, ein totaler Einzelgänger, der vor dem Krieg große Probleme mit dem Nationalsozialismus hatte und deshalb fast vom Studium ausgeschlossen wurde. Ein Mann, der im Krieg jeden gefährlichen Einsatz umging, mutiert plötzlich zum großen Kriegshelden und Nazi. Macht aus den sechs Millionen Holocaustopfern zweihunderttausend (was dann wohl nicht ganz so schlimm wäre). Behauptet, die Bilder der

Leichen aus den Konzentrationslagern seien nach dem Bombenangriff auf Dresden gefilmt worden. Bezeichnet eine große bräunlich lackierte Stablampe als ›SA-Lampe‹. Damit hätte der eine SA-Mann die Kommunisten angeleuchtet, damit der andere besser schießen und treffen konnte. Erklärt die schwarz-rot-goldene Fahne zur Verbrecherfahne. Betrachtet Sozialdemokraten und die Attentäter vom 20. Juni 1944 als Landesverräter. Möchte den kommunistischen norwegischen Spion Willy Brandt am liebsten vergasen. Will aus seinen Kindern Soldaten machen, obwohl Wolfgang mit seinem verkürzten Arm und der junge, schwächliche Berns, der auch noch zu klein für sein Alter ist, bestimmt nicht das geeignete Material für diese Pläne darstellen.

Was ist nur mit diesem Mann los, der sich derart vor seinen Kindern gebärdet? Im Beruf, an der Universität, hält er jedenfalls seinen Mund. Freunde, die er vor den Kopf stoßen könnte, gibt es nicht. Hat er keinerlei Gefühl, was er den Kindern antut? Will er die Kinder zu verschrobenen Außenseitern machen? Warum greift die Mutter nicht ein? Warum stoppt sie ihn nicht? Oder stimmt sie in gewissen Bereichen mit dem Vater überein? Das ist wahrscheinlich.

Glücklicherweise passiert etwas, was Berns heute nur als Phänomen bezeichnen kann: Die Kinder glauben ihm nicht. Sind immerhin schon so intelligent, dass sie kapieren, hier hat sich jemand in eine Krankheit hineingesteigert; seinen Aussagen ist deshalb keinerlei Wert beizumessen. Würden ihn, und das ist für ihren Vater ein unverdienter Schutz, nie außerhalb zitieren.

Als Berns dies alles verarbeitet hat, ist es für eine Abrechnung oder wenigstens für die Erhebung von Vorwürfen zu spät. Die Mutter tot, der Vater siech.

Zur Vorbereitung auf das Soldatenleben schenkt der Vater den Kindern Gummisoldaten, Blechkanonen und Blechpanzer. Gießt aus Gips Festungen und malt sie tarnfarben an.

Damit nicht genug, er erfindet ein neues, besonderes Kriegsspiel. Das dabei unter Beweis gestellte Improvisationstalent erinnert an die fantasievollen Spiele der Kinder. Hat der Alte also doch etwas Positives vererbt? Er klebt eine Papierunterlage auf ein Format von zwei mal drei Meter zusammen und versieht sie mit Schachbrettmuster.

Die nachher mit Würfeln bewegten Panzer, Kanonen und Flugzeuge werden mithilfe von Lego hergestellt. Ein Legostein mit vier Noppen auf einen mit acht Noppen gesetzt gilt als Standardpanzer. Zwei davon auf einem Achtnoppenstein sollen ein Sturmgeschütz darstellen. Auch aus dieser Bauweise ergibt sich klar, dass der Vater im Krieg nie richtige Panzer gesehen hat, denn das deutsche, im Zweiten Weltkrieg eingesetzte Sturmgeschütz war ausgesprochen flach im Aufbau. Steine mit sechs Noppen sind Kanonen, zwei aufeinander gekreuzte Achtnoppensteine Flugzeuge, Halmamännchen Soldaten, Kanonenfutter. An beiden Enden des Spielfeldes bauen die Kontrahenten ihre Heere auf. Mit schnell aufgestellten Bücherwällen werden die Bereitstellungen vor den gegnerischen Augen verborgen. Den Kindern ist dieses Spiel zu sehr genormt, darüber hinaus einfach unverständlich. Es wird durch den Vater deshalb bald enttäuscht eingestellt und der undankbare Nachwuchs in Ruhe gelassen.

Wir haben vorhin die gemeinsame Fantasie- und Spielwelt der Kinder geschildert.

Die eigene Welt des Mathematikgenies Wolfgang ist eine gänzlich andere. Sie besteht aus Zahlen, Zifferkombinationen, Nummern. Er sammelt nicht nur Abreißkalenderblätter, sondern auch Straßenbahnfahrscheine mit bestimmten Ziffernfolgen, die er schmutzig von der Straße aufklaubt.

Die Aufbewahrung dieser Bakterienträger führt oft zum heftigen Streit mit den Eltern. Berns wird die Szene nie vergessen, als der Vater sich mit einer Hand den schreienden und kratzenden Wolfgang vom Leib hielt, mit der anderen Massen von Fahrscheinen in den geöffneten Kohleofen beförderte.

Wolfgang bleibt trotzdem stur. Autokennzeichen mit seltenen Zahl- und Buchstabenkombinationen werden im Kopf gesammelt und gespeichert. Dazu wird stundenlang an stark befahrenen Straßen gestanden und Ausschau gehalten. Dies ist und bleibt auch später zum Teil Wolfgangs Welt, die Transformation von Zahlen zu Leben.

Berns lebt ebenso in seiner eigenen Fantasiewelt, die Wolfgang nicht interessiert, weil sie für ihn zu fremd ist. Sie ist gegenständlicher: Elastolin-Figuren!

Das sind zunächst Hausser-Figuren, Maßstab 1 : 25, 7 bis 7,5 cm aus plastischer Masse mit Drahtskelett. Berns hat Indianer, Trapper, Cowboys. Die erste Figur, die in seinen Besitz kam, war jedoch ein Ritter. Ein Ritter auf einem Pferd mit eingelegter Lanze. Helmbuschfarben rot und gelb. Dicker, rechteckiger Sockel. Weitere Lieblingsfigur: Old Shatterhand mit Bart und Hut, Henrystutzen und Bärentöter. Leider ist aus dem Hut ein Stück herausgebrochen. Beide Figuren hat sich der erwachsene Berns später über eBay zu unverschämt hohen Preisen ersteigert. Das war er seiner Kindheit (und seinem Spiel- und Sammeltrieb) schuldig. Daneben Tiere der gleichen Bauart, leider nicht im selben Maßstab. Viel zu groß, welch ein Unsinn! Für alle Figuren gilt: Wenn die plastische Masse abplatzt, und das geschieht nicht selten, wird der nackte Draht sichtbar.

Berns' Vater versucht mit fettem, gelbem Kunststoffkleber zu überdecken. Weil er sich, trotz ausgesprochenem handwerklichem Talent, nicht die Mühe macht, die Klebestelle abzuschmirgeln und zu überstreichen, entstehen unansehnliche, entstellende gelbe Placken. Die Arbeit hätte er sich also sparen können.

Mit der Zeit werden die Massefiguren Auslaufmodelle. Dadurch entsteht die Notwendigkeit, sich den neuen

Kunststoffmodellen der oben genannten Firma zuzuwenden. Der alte Maßstab wird beibehalten. Die jetzt neu kreierte 4-cm-Serie (Maßstab 1 : 45) wäre für den ungeschickten Jungen aufgrund der leichteren Zerbrechlichkeit sowieso nicht geeignet. Er macht bei den größeren Figuren schon genug kaputt. Außerdem ist die Auswahl nicht so riesig.

Berns besitzt bald weitere Ritter, Cowboys, Trapper (besonders gelungen die Karl-May-Figuren Sam Hawkens, Dick Stone und Will Parker). Gallier und Römer, in der Werk-Drahtversion nicht produziert, kommen hinzu. Jeder Geburtstag, jedes Weihnachtsfest mehrt seinen Besitz. Die Figuren sind in breiten Glasvitrinen im ersten Stock einer Darmstädter Spielwarenhandlung ausgestellt. Berns drückt sich die Nase an den Scheiben platt, bis der Vater oder meistens die Mutter mit dem unerbittlichen »Wir müssen weiter« zum Aufbruch drängt. Der größte Kindheitswunsch des Jungen: einmal eine ganze Nacht in der hell beleuchteten Spielwarenhandlung allein mit den Figuren zu verbringen. Sollte er sich vielleicht bis Ladenschluss verstecken und einschließen lassen? Ja, sogar so weit gingen damals seine Überlegungen.

Irgendwann, Auslöser waren wahrscheinlich die Karl-May-Filme der Sechzigerjahre mit Pierre Brice und Lex Barker, kamen in der neuen Serie Winnetou und Old Shatterhand heraus. Berns weiß nicht mehr, ob der Hersteller damals noch Hausser oder schon Preiser hieß. Jedenfalls thronten die beiden auf ihren gut gearbeiteten Rapphengsten Hatatitla (Old Shatterhand) und Iltschi (Winnetou). Diese zwei Rappen, wenn sich Berns richtig erinnert, gleicher Bauart, und nicht etwa die Reiter, waren für den Jungen die schönsten Figuren, die er je besessen hatte.

Heute glaubt Berns, dass er seine ersten, als sexuell zu bezeichnenden Handlungen an diesen Figuren vorgenommen hat. Oder was ist es denn anderes, wenn der Junge genüsslich an der schwarzen glatt lackierten Kuppe von

Iltschi lutscht oder Hatatitla wie besessen streichelt. Zwar hat er schon immer mal gerne auf einigen seiner Figuren, natürlich den weicheren, herumgekaut. Die Sinnlichkeit, die Berns den Rapphengstfiguren angedeihen lässt, ist damit absolut nicht zu vergleichen. Allerdings lässt der einzige Kommentar der überraschend im Kinderzimmer auftauchenden Mutter »Mach diese schönen Figuren nicht auch noch kaputt« nicht gerade auf ein solches Szenario schließen. Da seine Mutter – immer eine scharfe Beobachterin – nicht weiter eingriff, spricht einiges gegen Berns' Vermutung bezüglich erster sexueller Regungen. Dafür spricht, dass Berns sich als Erwachsener zwar die Türken- und Landsknechtsserie leistet, von einem Erwerb der beiden Rapphengstfiguren hingegen die Finger lässt. Gibt es vielleicht doch etwas zu verdrängen? Wir können hier aber wirklich nicht alles klären. Lassen wir die Frage deshalb offen.

Bei Freunden entdeckte Heimo-Figuren machen Berns weniger an, obwohl er davon vier berittene Indianer und einen Sheriff besitzt. Sie sind etwas kleiner als die Hausser/ Preiser-Figuren und passen deshalb nicht so recht dazu. Gleiches ist über die Timpo-Toys-Figuren zu sagen, die etwa denselben Maßstab wie die Heimo-Figuren aufweisen. Dennoch besitzt Berns vier Mexikaner dieser Serie, weil Mexikaner-Figuren von den ihm bekannten, anderen Herstellern nicht erzeugt werden. Die etwas größeren Jean-Höfler-Figuren findet Berns zwar nicht besonders schön, besitzt trotzdem je eine Gruppe von Indianern und Cowboys (damals erhältlich in Achterpackungen). Vorteil: Man kann sie aufgrund ihrer weichen Beschaffenheit durch Biegen und Schneiden verändern.

Exoten aus englischer Produktion (zum Beispiel Crescent oder Britains), die bei Berns' Spielen keine tragende Rolle einnehmen, sollen der Vollständigkeit halber nicht unerwähnt bleiben. Mit dem Wechsel der Kindheit zur Jugend folgt eine kurze Spanne militärisch geprägten Figureneinsatzes, die diesmal ohne Einflussnahme des Vaters stattfindet. Dazu müssen Airfix-Figuren, Maßstab 1 : 32, herhalten. Ärgerlich, auch hier gibt es Probleme mit dem Maßstab. Die von Berns benötige Ausrüstung (Panzer, Flugzeuge und Kanonen) sind fast ausschließlich nur bei Firmen, die mit 1 : 35 arbeiten (Italeri, Tamiya, Dragon u.s.w.), zu erhalten. Die Diskrepanz zwischen der Größe der Soldatenfiguren und der Mordwerkzeuge ist so beträchtlich, dass sich Berns bei jedem Einsatz ärgern muss. Das Soldatenmaterial Schritt für Schritt auf 1 : 35 umzurüsten, wäre zu kostspielig. So bleibt die 1 : 32-Phase eine kurze Episode.

Zwischenzeitliche Ausflüge in die 1 : 72-Welt scheitern letztlich an Berns' Ungeschick, die einfarbig gelieferten Figuren ordentlich zu bemalen. Die Figuren, die er dazu in die Finger nimmt, sehen vor seiner dilettantischen Beschmiererei wesentlich besser aus. Ihm ist es bis heute ein Rätsel, wie es Leute schaffen, derartig kleine Figuren mit Schnurrbärten oder sogar Augenbrauen zu versehen.

Wir meinen hierzu: Berns hat später fünfzehn Monate Zeit gehabt, sich bei den Panzergrenadieren auszutoben. Das muss reichen.

Aber genug jetzt von diesen Kindereien. Beschäftigen wir uns lieber mit einem viel wichtigeren und interessanteren Thema: Berns' Verhältnis zur Gewalt.

Für Berns war die Schwimmbadprügelei ein Wendepunkt. Er verteidigt sich ab jetzt nicht nur verbal, sondern wird auch mal handgreiflich. Will die zehrende, ihn auffressende Angst raushauen. Ist trotz seiner eher schwächlichen Gestalt plötzlich ›Kampfstärkster‹ in der Klasse, wird bei Streitigkeiten mit fremden Schülern vorgeschoben. Die Angst bleibt dennoch, lässt sich nicht wegprügeln.

Der große Berns hat eine andere Art von Angst. Angst, fremdbestimmt zu sein, das Geschehen um ihn herum nicht selbst in der Hand zu haben, nicht steuern zu können und damit hilflos fremden Mächten überantwortet zu sein. Diese fremden Mächte sind für Berns, wie soll es auch anders sein, Feinde. Es bedarf deshalb einer guten Vorbereitung, ihnen zu begegnen. Zum Beispiel besser informiert zu sein als die andere Seite. Oder den Ort der möglichen Auseinandersetzung schon einmal sondiert zu haben. Alles so einfädeln, dass der Gegner möglichst überrascht wird. Früher aufstehen, schneller zuschlagen.

Ein Schutz und Trutz ist vor allem saubere Kleidung. Majestix in den Asterix- und Obelixgeschichten hat Angst, dass ihm der Himmel auf den Kopf fällt. Berns hat hingegen Angst, dass es vom Himmel Vogelkacke, Gänsescheiße, Taubendreck – oder was weiß er denn – auf ihn herabregnet und seine Kleidung verunziert. Er trifft diesbezüglich Vorsorge. In seinem Büroschrank hängen deshalb Ersatzhemd und Ersatzjackett nebeneinander. Allerdings nicht erste Wahl. Das Notfallhemd ist fadenscheinig, zum Wegschmeißen aber noch zu schade. Die Notfallkrawatte ist nicht nur ziemlich geschmacklos, sondern passt in keinster Weise zum Notfallhemd. Sie wird bei der nächsten Weiberfastnacht ihren Opfergang antreten. Über eine Notfallhose verfügt Berns nicht. Notfallschuhe würde man ebenso vergeblich in seinem Schrank suchen.

Dem jeweiligen Anlass angemessen muss die Kleidung sein. So vertauscht Berns für seriösere Ereignisse seine geliebte bunte Hundertwasserbrille, mit der er seiner eher langweiligen Erscheinung zu etwas mehr Exotik verhelfen will, gegen eine Drahtgestelllesebrille (3,50 € bei Netto, 2,5 Dioptrien). Wann er Krawatte zu tragen hat, braucht ihm niemand zu erzählen (etwa bei Beförderungen, Höhergruppierungen oder Dienstjubiläumsehrungen).

Berns hat stets etwas Bargeld dabei, um plötzlich notwendig werdende Taxi- oder Straßenbahnfahrten bestreiten zu können. Dabei versucht er ein angemessenes Verhältnis zwischen Münz- und Papiergeld vorzuhalten. Er kann sich schließlich in Momenten, in denen es darauf ankommt, keine zeiträumigen Wechselaktionen leisten. Kleingeld für Schließfächer wird tagelang im Vorgriff auf die Benutzung gesammelt.

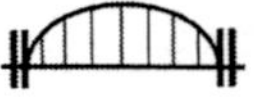

Bundesbetrieb für
Infrastruktur

Bundesbetrieb für Infrastruktur, Postfach 473012, 52303 Koblenz

Ansprechpartner/in:
Petra Arnold-Gleim

Messestraße 9
53114 Koblenz

– Entwurf –

Tel.: +49(0)261 4120-196 (oder -0)
Fax: +49(0)261 4120-101

PetraArnoldGleim@infrastruktur.de
www.bundesstruktur.de

GZ: MKOP-P1206-1961
Datum: 20. April 2015

1. Herrn Mitglied des Vorstandes
   Dr. Werner Kluge
   m.d.B.u. Billigung des Schreibens zu 2.

Oberinspektor Schmittner, Niederlassung Koblenz, Nebenstelle Darmstadt, hat sich mit Schreiben vom 13. März 2015 an Sie gewandt, weil er die Entscheidung der Nebenstelle Darmstadt, ihm den von ihm beantragten Sonderurlaub ohne Bezüge für die Vorbereitung seiner Hochzeit und eine weitere Woche nach der Eheschließung nicht zu gewähren, revidiert wissen möchte. Sie haben um Beantwortung durch die Niederlassung Koblenz und Vorlage des Antwortschreibens vor Abgang gebeten.

2. Herrn Oberinspektor Klaus Schmittner
   Nebenstelle Darmstadt

Ihr Schreiben an den Sprecher des Vorstandes vom 13. März
2015

Sehr geehrter Herr Schmittner,

Herr Dr. Kluge hat mich gebeten, Ihr Schreiben an ihn vom
13. März 2015 zu beantworten.
Ich habe die Entscheidung der Nebenstelle Darmstadt,
gegen die Sie sich mit Ihrem Schreiben wenden, nochmals
prüfen lassen. Ihrer Auffassung, Ihr Antrag werde ohne nach-
vollziehbare Begründung abgelehnt, vermag ich mich nicht
anzuschließen. Vielmehr sind die Ausführungen in dem
Schreiben der Nebenstelle Darmstadt vom 23. Februar
2015 – gl. Az. – zutreffend und frei von Ermessensfehlern.
Die vorgenommene Auslegung des § 13 Abs.1 SurlV orientiert sich an den tariflichen Regelungen für Angestellte
im öffentlichen Dienst, die nach allgemeiner und ständiger Anwendung eine Arbeitsbefreiung unter Verzicht auf die
Bezüge nur für den Tag der Eheschließung zulassen. Dies
als Auslegungsgesichtspunkt heranzuziehen, ist sachgerecht
und dient der Gleichbehandlung aller Beschäftigten. Au-
ßergewöhnliche Gesichtspunkte, die es rechtfertigen würden, von diesen Grundsätzen abzuweichen, haben Sie nicht
dargetan. Bedauerlicherweise ist Ihnen durch ein Kalender-
versehen allerdings auch für den Tag Ihrer kirchlichen Eheschließung, der auf Samstag, den 28. Februar 2015, fällt,
Sonderurlaub ohne Bezüge gewährt worden. Für dieses Versehen entschuldige ich mich. In Abänderung des Schreibens vom 23. Februar 2015 bewilligte ich Ihnen Sonderurlaub unter Fortfall der Bezüge für den 27. Februar 2015.
Hierdurch ist sichergestellt, dass Sie sowohl am Tage Ihrer
standesamtlichen als auch Ihrer kirchlichen Eheschließung
keinen Dienst zu leisten haben.

Im Übrigen darf ich Sie bitten, auch wenn Sie Entscheidungen
der Personalverwaltung aus Ihrer persönlichen Interessen-

lage heraus nicht gutheißen mögen, die Basis sachlicher Argumentation nicht zu verlassen. Ich habe Verständnis dafür, dass sich Beschäftigte mit Nachdruck für ihre Belange einsetzen, doch kann ich es nicht unwidersprochen lassen, wenn dies mit ungerechtfertigten persönlichen Angriffen gegen den Bearbeiter verbunden ist.

Abschließend weise ich Sie darauf hin, dass der Unterzeichner keinen weiteren Schriftverkehr in der Sache führen wird, da die Sache ausgeschrieben ist.

Mit freundlichen Grüßen
Im Auftrag

Berns

3. Nach Abgang: Regierungsdirektor Paul z. K.

4. zum Vorgang

Gleim-Arnold

OP1206   OP1302

KAPITEL 9

LEBENSKAMPF

Berns' geschilderte Urangst erstaunt umso mehr, als er eigentlich nie angegriffen wird, jedenfalls nicht körperlich, jedenfalls nicht von Männern. Beispielhaft, was ihm neulich passiert ist. Zwei nicht ungefährlich aussehende Burschen kommen ihm morgens auf der Treppe zur S-Bahn entgegen. Berns verkatert und gereizt, in dem Bewusstsein, am anstehenden Arbeitstag wieder zur Lösung fremder, profaner Probleme verdammt zu sein, anstatt sich um sich selbst zu kümmern, was er als wesentlich wichtiger empfindet, drängt sich unwirsch zwischen den beiden hindurch. Sie lassen ihn ohne Reaktion passieren.

Er hat solche Erfahrungen des Öfteren gemacht, obwohl er sich nicht selten an finsteren Schauplätze aufgehalten hat. Männer greifen Berns nur in außergewöhnlichen Ausnahmesituationen an. Eigentlich nur, wenn er total schwach und hilflos wirkt. Warum ist ausgerechnet der Außenseiter Berns gerade das Gegenteil von einem Opfertyp? Bis heute vermag er die Ursachen nicht zu ergründen. Auch wir tappen hier, ehrlich gesagt, ziemlich im Dunkeln.

Ausgangspunkt für Erklärungsversuche: Berns wirkt nicht einschätzbar; erscheint unberechenbar, unheimlich, passt in keine Schublade, in kein Schema. Passt überhaupt nicht. Zumindest nicht in diese Welt. Ist ein Alien.

Erster Erklärungsversuch (für Berns negativ):

Es liegt an der bei ihm vorliegenden besonderen Konstellation von Sternzeichen und Aszendenten. Eine selbst ernannte

Sterndeuterin und Schamanin – ja auch mit solchen Leuten verkehrt Berns (!) – hat das in einer Kurzanalyse gelegentlich einer Wohnungseinweihungsfete festgestellt. Danach ist Berns gleichsam Hermaphrodit, bestehend aus männlichen und weiblichen Komponenten. Dafür spricht im Übrigen seine Hochsensibilität, mit der wir uns an passenderer Stelle auseinandersetzen werden.

Vielleicht ist diese Mischung für andere Männer spürbar und nicht nur schwer erträglich, sondern macht für sie Berns als Ziel einer Aggressionshandlung ungeeignet und verächtlich. Berns erinnert diese Einschätzung an die von ihm beobachtete Begegnung seines kastrierten Katers Sammy mit einem unkastrierten. Dieser richtige, echte, ungebremste Kater, nach Narben und Blessuren als ausgesprochener Kämpfer erkennbar, beroch und beschnüffelte den vor Schreck erstarrten Sammy aufs Höchste erstaunt. So riecht kein Konkurrent, so riecht ebenso wenig eine Kätzin. Kein Anlass zu schlagen, zu beißen oder zu kratzen! Da er ihn weder als bekämpfbar noch als bespringbar einordnen konnte, musste er sich schließlich unverrichteter Dinge trollen. Falls man Katzen einen Gesichtsausdruck zugesteht, muss dieser von Verwirrung und einer gewissen Enttäuschung bestimmt gewesen sein.

Hier hat jemand nicht nur eine Spielregel verletzt, sondern sich aus der natürlichen Katzenwelt ausgeschlossen. Ist Berns demnach aggressionstheoretisch ein Zwitter, ein Hermaphrodit und mithin kein ebenbürdiger Gegner für einen echten Strauß unter Männern?

Nicht nur Berns, sondern auch wir fürchten eine solche Schlussfolgerung. Wenden wir uns lieber einer günstigeren Variante zu.

Zweiter Erklärungsversuch (für Berns positiv):

Berns stößt Aggressoren aufgrund seiner männlichen Seite ab. Sie spüren, dass er auf seine ureigenste Art reagieren könnte, das heißt hinterhältig, tückisch, brutal, boshaft, niederträchtig und gemein. Ein schlechter Verlierer! Unfair im Zweikampfverhalten, dabei fanatisch terrierartig verbissen. Jede kleine Meinungsverschiedenheit von der Sachebene auf die Gefühlsebene hebend. Jeden noch so unbedeutenden Streit zum unerbittlichen Existenzkampf machend. Es ganz plötzlich blutig ernst meinend. Kaltblütig aus allen Rohren schießend. Mit dem Rücken zur Wand wie ein waidwunder Keiler sein Leben verteidigend. Dabei in ständiger Bereitschaft, Kopf und Kragen zu riskieren. Und so weiter, und so weiter.

Einigen wir uns an dieser Stelle, wir haben schließlich genügend anderes zu tun, der Einfachheit halber auf eine Mischung zwischen den beiden aufgeführten Varianten. So schlecht kommt Berns damit ja auch nicht weg.

Wir wollen in diesem Zusammenhang auf keinen Fall in den Geruch einer eventuellen Parteilichkeit kommen. Alles soll auf den Tisch! Und zwar vollständig! Deshalb müssen wir uns zusätzlich einer für Berns' Wesen charakteristischen Eigenschaft widmen, seiner fast krankhaften Rachsucht. Berns vergisst und vergibt nie, was ihm (vermeintlich) angetan wurde. Die Formulierung ›ihm angetan‹ wird jedoch der Situation nur unzureichend gerecht. Es ist nämlich darüber hinausgehend sein gesamtes Umfeld, seine Sphäre, in der Berns angreifbar ist, beziehungsweise sich angegriffen fühlt. Die oder der (meistens ist es der) Unglückliche, gar nicht auf die Idee kommend, Berns durch eine Handlung oder Unterlassung verletzt zu haben, sieht sich dann völlig unerwartet den heftigsten Reaktionen ausgesetzt. Wie weit Berns' Betroffenheitssphäre reichen kann, sei durch folgendes Beispiel verdeutlicht:

Berns liebt die Tierwelt im Einzelnen und Besonderen. Umso mehr er die Menschen kennenlernt, umso inniger. Der Alte Fritz soll etwas Ähnliches, allerdings leider auf Hunde reduziert, gesagt haben. Und in seinen vielen Jahren in der Personalarbeit hat Berns die Menschen kennengelernt. Mehr und näher als ihm lieb war! Das können wir ihm ruhig glauben. Berns mag vor allem Katzen. Er hat selbst zwei besonders schöne Exemplare zu Hause. Jetzt aber endlich zu unserem Beispiel:

Bei einer Dienstjubiläumsfeier wird er unfreiwilliger Mithörer eines am Nebentisch laufenden Gespräches. Ein ziemlich großsprecherischer Kollege in führender Position in der Buchhaltung, noch dazu Hobbyjäger – nennen wir ihn X-Mann – verkündet, er gebe Feuer auf jede Katze, der er im Wald begegne. Seine Opfer begrabe er an versteckter Stelle, um keinen Ärger mit den Besitzern zu bekommen. Katzen gehörten, allein aus ästhetischen Gründen, nun einmal nicht in den Wald. Berns, der sofort Blutdrang in den Fäusten spürt, wäre es jetzt ein Leichtes, den Katzenmörder rhetorisch fertigzumachen. Auf dem Gebiet spontaner Bloßstellung hat er ausreichend Erfahrungen sammeln können, leider müssen. Er beherrscht sich, muss sich jetzt beherrschen, um später desto effizienter zuschlagen zu können. Du sollst lieber einen langsamen und qualvollen Tod sterben, sagt er sich; dies ist natürlich nur symbolisch gemeint.

Für derartige Hobbyjäger (Berns ist nicht gegen professionelle Jagd im Sinne der Hege und Wildstandsregulierung) hat er im Übrigen einen Vorschlag parat. Sie sollten sich unbedingt einer zweiten Jägerprüfung unterziehen. Diese könnte bei Berns abgelegt werden.

Prüfungsort: ein großes, gemähtes Feld. Auf der einen Seite der Prüfling mit Jagdgewehr und Jagdhund – auf der anderen Berns mit Zubehör. Das Zubehör besteht aus einem Schützenpanzer Marder, Typ 1A5, mit 20-mm-Maschinenkanone MK 20 RH 202 und einem koaxial montierten Maschinengewehr, MG 3, (Turmwaffen) oder einer schweren Panzerfaust, Modell Carl Gustaf M 2-550 Kaliber 84 mm (Kosename ›Ofenrohr‹). Beide Waffensysteme sind sorgfältig gepflegt und gewartet. Das Kanonenrohr und

der Maschinengewehrlauf werden von einem leichten
Ölfilm umschmeichelt.

Der Prüfling darf sich eine Variante aussuchen. Berns ist
als ehemaliger wehrpflichtiger Panzergrenadier (fünfzehn
Monate) an beiden Systemen ausgebildet. Die unterschied-
liche Bewaffnung der beiden Kontrahenten entspricht nach
seiner Einschätzung in etwa dem Kräfteverhältnis Jäger zu
Hirsch, Reh, Hase oder Fuchs. Er gibt allerdings zu, dass es
bei Schwarzwild etwas anders aussieht. Der Jägerprüfling,
dem es gelingt, Berns zu treffen oder zu entweichen, hat
die Prüfung bestanden. Er erhält ein feines Dokument aus
Büttenpapier mit vielen Stempeln und allem, was dazuge-
hört. Seine Chancen schätzen wir nicht allzu hoch ein. Der
Vollständigkeit halber – auch für Mitglieder des Tierschutz-
vereins: Da Berns nicht nur Katzen über alles liebt, bleibt
der Jagdhund ungeschoren.

Berns ist demnach darauf aus, die Katzenmorde an X-
Mann zu rächen. Schön langsam. Nerven behalten. Kaltes
Blut bewahren. Durch eine übereilte Aktion seine tiefe Ab-
neigung offensichtlich zu machen, könnte den Jagderfolg
(ausgerechnet Berns spricht vom Jagderfolg!) gefährden.
Jetzt ist raffiniertes – ja nennen wir das Kind ruhig beim
Namen – heimtückisches Vorgehen notwendig. Das Zeit-
moment spielt dabei eine nur untergeordnete Rolle.

Natürlich wissen wir, wie schwer es unserem Hitzkopf
fällt, sich zu bremsen, sich zu beherrschen. Wir wissen aber
um die unbedingte Notwendigkeit, taktische Überlegungen
voranzustellen. Berns spinnt – gegen seine Natur – in aller
Ruhe Netze, die dichter sind, als die einer gut entwickelten
Spinne. Er gräbt Fallgruben, legt Fangeisen aus, handelt
listig wie ein uralter Trapper. Sucht nicht den Triumpf
des schnellen Erfolges, sondern geht den weniger attrakti-
ven Weg der nachhaltigen Schädigung. Nutzt dafür heim-
lich und geschickt alle seiner vielen Kontakte, Kanäle und
Seilschaften. Setzt über die Person X-Mann kleine aufklä-

rende Informationen in die Welt, spricht zwischen den Zeilen, lässt immer wieder Negatives ab, das ihm jetzt aus Versehen gerade so rausgerutscht ist. Bleibt dabei äußerst vorsichtig, um nicht entlarvt zu werden. Steter Tropfen höhlt den Stein.

Das Berufsleben von X-Mann wird von Tag zu Tag, von Woche zu Woche, von Monat zu Monat zunehmend schwieriger. Leute übersehen ihn, grüßen nicht mehr oder nur verhalten. Bitten seinerseits, denen man früher mit Selbstverständlichkeit nachgekommen wäre, werden allenfalls zögerlich oder sogar überhaupt nicht entsprochen. In Besprechungen, die X-Mann leitet, werden Widerworte gegeben, man kommt auch gerne mal zu spät. Bei Aufträgen wird regelmäßig die Sinnfrage gestellt. Über seine Anweisungen wird laut nachgedacht. Die Zahl der Geburtstagsgratulanten hat sich halbiert.

X-Mann ist bald nicht mehr als ein Schatten seiner selbst. Das Schlimmste für ihn: Er weiß nicht, woher und warum dies alles so gekommen ist. Grübelt nächtelang. Seine Arbeitsergebnisse verschlechtern sich zusehends. Man überlegt ganz oben, ihn von seiner Führungsaufgabe zu entbinden. Berns, auf X-Manns Situation angesprochen, zuckt traurig mit den Schultern, kann sich das Ganze nicht erklären und findet die Behandlung, die seiner Ansicht nach an Mobbing grenzt, einfach unfair. Wir werden uns hüten, helfend einzugreifen. Lehnen uns im Gegenteil entspannt beobachtend zurück. Teilen wir doch Berns' Faible für Katzen.

Jedenfalls, wie durch obiges Beispiel hinreichend nachgewiesen, glaubt Berns nun einmal das Schicksal zu haben, gegen ihn umgebende Feinde kämpfen zu müssen. Kann man ihm das etwa verübeln? Er muss ständig, um ein Gleichnis aus der von ihm so geschätzten Fußballwelt zu verwenden, wie Darmstadt 98 oder früher der MSV Duisburg (lang, lang ist's her) mit hohen Aufwendungen spie-

lerische Überlegenheit niederhalten. Einsatz schlägt oft
Qualität. Manchmal muss er auch kämpfen, weil er schlicht-
weg zu müde ist, wegzulaufen. Dies alles kostet eine Un-
menge Energie. Energieverbrauch, der zulasten seiner
Kreativität geht.

Wir wollen an dieser Stelle etwas verschnaufen, um uns
dann ausgeruht dem weiteren Tagesablauf widmen zu
können, und bitten dafür in aller Form, aber auch nachdrücklich, um Verständnis.

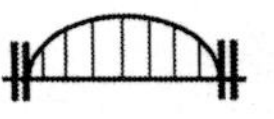

Bundesbetrieb für Infrastruktur

Bundesbetrieb für Infrastruktur, Postfach 473012, 52309 Koblenz

Ansprechpartner/in:
Elisabeth Möller

Messestraße 9
53114 Koblenz

- Rohentwurf -

Tel.: +49(0)261 4120-178 (oder -0)
Fax: +49(0)261 4120-101

ElisabethMoeller@infrastruktur.de
www.bundesstruktur.de

GZ: MKOP-P3217-1308

Datum: September 2012

Beurteilung
für Eleonore Künster – Oberamtsrätin –

Anlass: Abschluss der Einführungszeit zum erleichterten Verwendungsaufstieg
Beurteilungszeitraum: 12.09.2011 bis 11.09.2012

Berichterstatter für den Zeitraum:

12.09.2011 bis 31.12.2011: Herr Dr. Engels
01.01.2012 bis 31.03.2012: Frau Dr. Winkelmann
01.04.2012 bis 11.09.2012: Herr Große Wilde

I. Allgemeine Angaben

1.) 29.05.1954 geboren
    10.06.1974 Laufbahnprüfung Fachrichtung ›Rechtspflege‹

01.12.1976 Eintritt in das BMBIW
01.07.1991 Einweisung Oberamtsrätin

2.) Schwerbehinderung: nein

3.) Erkrankungen von längerer, ununterbrochener Dauer
    im Beurteilungszeitraum: keine

II. Aufgabenbereich

Frau OARin Künster leitete das Referat PD 34 (Planungsdaten, Haushaltstechnik, Aufstellung des Wirtschaftsplanes, Mittelaufkommen und -verwaltung, Zahlstelle) seit seiner Einrichtung. Dabei war der sachliche und personelle Aufbau des Referates zu organisieren, der laufend wechselnde Arbeitsanfall zu bewältigen und die Zusammenarbeit mit anderen Referaten abzustimmen.

III. Beurteilung der Fähigkeiten, Kenntnisse und Leistungen

1.) Allgemeines

Die Stärken der geistigen Veranlagung liegen eher in der Behandlung von Detailfragen im Einzelfall als in der Erarbeitung und Durchsetzung übergeordneter, den Zusammenhang wahrender Strukturen und Konzeptionen.
Diskussionen werden dann abgebrochen, wenn sie sich vom Einzelfall lösen und abstrakte Überlegungen erfordern.
Kleinigkeiten werden problematisiert.
Sie ist kaum bereit, sich festlegen zu lassen.
Vom Vorgesetzten getroffene, der eigenen Meinung entgegenstehende Entscheidungen werden oftmals nach ausführlicher Erörterung und Abstimmung nicht akzeptiert und nicht konsequent weiterentwickelt; sie werden vielmehr entweder mit Hartnäckigkeit in Zweifel gezogen oder sogar an anderer Stelle zur Diskussion gestellt. Von dieser Handlungsweise werden weder der Abteilungsleiter noch der Hauptstellenleiter ausgenommen. Auch hat sie versucht, von sich

aus Rechtsfragen vor der gebotenen internen Erörterung außerhalb der vorgesehenen Dienstwege dem BMBIW unmittelbar vorzulegen.

Es bestehen große Schwierigkeiten in der Zusammenarbeit mit

- Vorgesetzten
  (Abteilungsleiter sowie dessen Vorgänger),
- Mitarbeitern in ihrem Referat sowie dem Nachbarreferat mit angrenzender Zuständigkeit.

Das gehäufte Auftreten dieser Schwierigkeiten mit einer Vielzahl von Personen in unterschiedlicher Funktion zeigt, dass die wesentliche Verursachung bei Frau OARin Künster liegt. Ihr fehlt die Fähigkeit, die eigene Position in einem für eine effiziente Zusammenarbeit erforderlichen Umfang selbstkritisch zu bestimmen oder zu überdenken und sie ggfs. zu korrigieren. Die Fehler sucht sie in diesen Fällen regelmäßig bei anderen und handelt entsprechend. Diese Veranlagung schlägt auf ihre organisatorische und praktische Befähigung durch.

2.) Organisatorische und praktische Befähigung

Bei der Organisation des Referats werden die Schwerpunkte in mancher Hinsicht verkannt, vorhandene Kapazitäten teilweise falsch ausgelastet – etwa für überflüssige Registraturarbeiten eingesetzt – und wichtige Bereiche zu stark vernachlässigt. Statt das Zusammenspiel mit den Nachbarreferaten bei vorhandener Personalknappheit zur Entlastung zu nutzen, werden durch eine formalistische Arbeitsweise zusätzliche Reibungsflächen geschaffen, die nicht nur das eigene, sondern auch die Nachbarreferate beeinträchtigen. Oft fehlt die Bereitschaft, konstruktiv an der Erarbeitung von Lösungen mitzuwirken.

Auf breiter Basis getroffene organisatorische Absprachen und Kompromisse werden nach kurzer Zeit aufgekündigt. Eigene Anordnungen im Referat werden z. T. nicht konsequent durchgehalten mit der Folge, dass die Mitarbeiter die Orientierung verlieren.

Der große, engagierte Einsatz der eigenen Person verliert sich zu einem großen Teil im Detail. Selbst kleinere Routineschreiben der Mitarbeiter für das Massengeschäft bleiben nicht ohne eigene Kontrolle und z. T. Veränderungen.

3.) Fähigkeit zum freien Vortrag und zur Leitung von Verhandlungen

Trägt flüssig vor, verhandelt mit äußerster Zähigkeit, lässt teilweise die Fähigkeit vermissen, auf Argumente anderer einzugehen.

4.) Schriftliche Ausdrucks- und Darstellungsweise

Eloquent und mitteilsam.

5.) Auftreten und Umgangsformen

Das Auftreten reicht von kollegialem, Zuneigung suchendem und gebendem Verhalten bis zu in der Sache nicht begründetem Streit. Das grundsätzlich vorhandene Misstrauen gegenüber der Umwelt, hintergangen zu werden, wird hauptsichtlich durch sehr bestimmtes Auftreten überspielt.

Gegenüber Vorgesetzten z. T. hartnäckig, gegenüber Untergebenen z. T. herrisch, gegenüber jungen Mitarbeitern oft wenig einfühlsam. Die Zusammenarbeit gestaltet sich häufig sehr schwierig.

6.) Verkehr mit Publikum

Höflich und bestimmt.

Bewährung als Vorgesetzte ist nicht gegeben.
Ihr Arbeitsstil und ihr Verhalten – ihr Widerstand gegen Festlegungen der Vorgesetzten und das Beharren auf der Korrektur und Ergänzung von Kleinigkeiten in den vorgelegten Entwürfen auch in Routinevorgängen – wirken demotivie-

rend auf die Mitarbeiter und führen zu persönlichen Spannungen. Seit der Wahrnehmung der Aufgaben als Referatsleiterin haben bis zum Juni 2012 drei Mitarbeiter mit unterschiedlicher Funktion, Vorbildung und unterschiedlichem Alter auf eigenen Wunsch wegen persönlicher Spannungen mit der Referatsleiterin aus ihrem Referat versetzt werden müssen. Eine vierte Mitarbeiterin hat sich im August u. a. ebenfalls wegen persönlicher Spannungen wegbeworben.

IV. Zusammenfassende Beurteilung der Eignung.

Frau OARin Künster ist für die Laufbahn des höheren Dienstes nicht geeignet.
Sie verliert sich im Problematisieren und Bearbeiten von Details, anstatt sich auf richtungsweisende Arbeiten zu konzentrieren. Sie hat große Schwierigkeiten in der Zusammenarbeit mit Mitarbeiter im eigenen Referat und den Nachbarreferaten sowie mit Vorgesetzten. Das Verhältnis zu ihrem Abteilungsleiter ist durch ihm gegenüber offen ausgesprochenes Misstrauen belastet; auch in der Zusammenarbeit mit dessen Vorgänger gab es Probleme.
Fähigkeit und Bereitschaft zur gemeinsamen Erarbeitung von Lösungen sind nicht in den für die Referatsleiterfunktion erforderlichen Umfang gegeben. Eine ausreichende Fertigkeit zum Delegieren ist nicht erkennbar geworden.
Sie holt keinen Rat ein und lässt sich häufig nicht leiten.
Ihre fehlende Eignung als Referatsleiterin des höheren Dienstes zeigt sich ferner darin, dass sie aus den Strukturen des Amtes ausbricht, getroffene grundsätzliche Entscheidungen oftmals nicht anerkennt und weiterentwickelt. Auch hat sie versucht, von sich aus Rechtsfragen an das BMBIW ohne die gebotene Beteiligung der Hauptstellenleitung heranzutragen.
In vielen Fällen fehlt eine ausreichende Selbstkritik und die

Bereitschaft, Standpunkte und Gesichtspunkte anderer aufzunehmen und in ihre Erwägungen angemessen einzubeziehen. Dialogbereitschaft und -fähigkeit sind deshalb nicht immer gegeben. Bei der Auseinandersetzung mit anderen Standpunkten fehlt es an Flexibilität.

Koblenz, den 29. September 2012
Berns

Kapitel 10

Einschätzungen

Ermahnung

Routinearbeit. Berns bekommt ein Arbeitszeugnis zur Unterzeichnung vorgelegt. Beherrscht mittlerweile die Geheimcodesprache blind. Weiß Formulierungen wie ›hat zur Verbesserung des Betriebsklimas beigetragen‹ (Alkoholprobleme), ›war mit Interesse bei der Sache (hat sich angestrengt, aber nichts geleistet) und ›hat alle Arbeiten ordnungsgemäß erledigt‹ (Bürokrat ohne Eigeninitiative) richtig einzuordnen. Die Verwendung von Geheimzeichen wie Anführungs- und Ausrufezeichen oder Unterstreichungen (die wörtliche Aussage wird dadurch ins Gegenteil verkehrt) oder ein links stehender wie ein Ausrutscher wirkender Strich neben der Unterschrift (Mitglied einer Gewerkschaft) unterlässt er. Auch der sogenannte ›Doppelausrutscher‹ oder das ›Doppelhäkchen‹ (Mitglied einer linksgerichteten Organisation) wird von ihm nicht benutzt. Markierungen dieser Art erinnern ihn zu sehr an Bettlerzinken.

Das vorgelegte Arbeitszeugnis ist natürlich wie so oft viel zu gut. Wahrscheinlich hat der zu Beurteilende daran mitgewirkt oder es sogar selbst verfasst. Wenn er das schon wieder liest: ›Stets zu unserer vollsten Zufriedenheit gearbeitet‹. Dies ist im Personalrotwelsch eine glatte Eins. Ohne stets ›zu unserer vollsten Zufriedenheit gearbeitet‹ oder ›stets zu unserer vollen (nicht vollsten) Zufriedenheit gearbeitet‹ wäre nur eine Zwei gewesen. Eine Drei: ›stets zu unserer Zufriedenheit‹ oder ›zu unserer vollen Zufriedenheit‹. Damit es nicht langweilig wird, sparen wir uns die Vier und die Fünf. Interessant wird es dagegen bei Note Sechs. Berns hat dafür einiges in petto z.B.:

Im Rahmen ihrer/seiner Möglichkeiten
(die Fähigkeiten sind völlig unzureichend).
Zeigte Verständnis für ihre/seine Aufgaben
(nahe an der Arbeitsverweigerung).
Sie/er bemühte sich (völlige Überforderung).
Im Großen und Ganzen/insgesamt (also überhaupt nicht).

Die vorgesehene Eins kratzt Berns jedoch nicht. Zum einen
verlässt der Mann ja sowieso den Betrieb, zum anderen ist
Berns müde. Leise vor sich hin fluchend unterschreibt er.

Zeugnis

Herr Florian Sinder, geboren am 12. März 1978 in Kai-
serslautern, war vom 1.6.2000 bis 31.03.2015 beim
Bundesbetrieb für Infrastruktur – Niederlassung Koblenz – beschäftigt. Innerhalb der Sparte Straßen-
planung wurde Herr Sinder als Facility-Manager in
der Abteilung Bauunterhalt am Dienstort Trier eingesetzt.
Sein Aufgabenbereich umfasste im Wesentlichen folgende Tätigkeiten:

Mitarbeit in der Verwaltung von Straßengrundstücken

Veranlassung und Überwachung von Bewirtschaf-
tungsvorgängen

Auftragsvergabe im Rahmen einer ordnungsgemäßen
Bewirtschaftung

Rechnungsprüfung und Rechnungsbearbeitung

SAP-Datenpflege und Datenverarbeitung

Terminverwaltung, Wahrnehmung von Registratur-
tätigkeiten

Führung von Akten, Übersichten, Tabellen und Listen

Herr Sinder hat sich mittels folgender interner Fachschulungen und Seminare weiter qualifiziert:
Grundkurs Facility-Management
Bewirtschaftung Facility-Management
Elektronische Rechnungsbearbeitung über SAP

Herr Sinder verfügt über umfassende Fachkenntnisse. Er ist in der Lage, schwierige Situationen sofort zutreffend zu erfassen und schnell die richtige Lösung zu finden. Herr Sinder ergriff von sich aus die Initiative und setzte sie mit überdurchschnittlicher Einsatzbereitschaft für unser Unternehmen ein.

Hier entfährt Berns ein bösartiges, höhnisches »Dass ich nicht lache«. Einsatzbereitschaft ist für diese Generation doch eine No-go-Area. Papier ist geduldig. Er liest dann weiter:

Auch starkem Arbeitsanfall war er jederzeit gewachsen. Besonders hervorzuheben ist seine Urteilsfähigkeit, die ihn in schwierigen Lagen zu einem eigenständigen, abgewogenen und zutreffenden Urteil befähigt. Herr Sinder arbeitet stets zuverlässig und genau. Er bewältigt seinen Arbeitsbereich selbstständig und sicher, fand gute Lösungen und hatte neue Ideen. Herr Sinder hat die übertragenen Aufgaben stets zu unserer vollsten Zufriedenheit erfüllt. Sein persönliches Verhalten war stets einwandfrei. Bei Vorgesetzten, Kollegen, Kunden und Geschäftspartnern ist er sehr geschätzt. Herr Sinder unterstützte die Zusammenarbeit, war stets hilfsbereit und in der Lage, sachliche Kritik zu üben und zu akzeptieren.
Herr Sinder scheidet auf eigenen Wunsch mit dem heutigen Tag aus dem Bundesbetrieb für Infrastruk-

tur aus. Wir danken ihm für seine wertvolle Arbeit und bedauern sehr, ihn als Mitarbeiter zu verlieren. Für seinen weiteren Berufs- und Lebensweg wünschen wir ihm alles Gute und weiterhin viel Erfolg.

Berns

(Leiter Organisation/Personal)

Was sind das doch für dämliche Floskeln, denkt Berns. Fehlt nur noch: ›Die Lücke, die er hinterließ, wurde durch seinen Weggang geschlossen.‹ Auch Berns muss mit den Wölfen heulen. Dennoch sind die üblichen geschönten Beurteilungen nicht Werke einer Großzügigkeit, sondern der Bequemlichkeit und Feigheit.

Wie wird der so selbstgerecht lobende oder verurteilende Richter Berns eigentlich von anderen eingeschätzt? Eine solche Frage muss durchaus erlaubt sein. Wir wollen ja keine einseitige Betrachtung vornehmen. Auf das Ergebnis kann man mit Recht gespannt sein. Die Bewertungen sind so unterschiedlich, wie sie nur sein könnten.

Oberregierungsrat Karl Busch (Abteilungsleiter Verkehrssicherungspflicht, von Berns zweimal bei Beförderungsmöglichkeiten abgehängt): Berns versuche den Eindruck zu erwecken, eine vorbildliche Führungskraft zu sein. Sein Verhalten sei viel zu aufgesetzt, um glaubwürdig zu sein. In Wahrheit sei er eher ein ausgeprägter Egomane und ein Narziss reinsten Wassers, der sich selbst für wichtiger und wertvoller einschätze, als es ein objektiver Beobachter wie Busch nachvollziehen könne. Fachlich eher Flachwisser, gelinge es Berns immer wieder, die Arbeit von Kollegen auszubeuten und gute Arbeitsergebnisse seiner Untergebenen als seine eigenen zu verkaufen. Es sei bedauerlich, dass Typen wie Berns regelmäßig Karriere machten. Schließlich schwimme Dreck ja bekanntlich immer oben.

Verwaltungsangestellte Ursula Schneider-Heinz (Sachbe-
arbeiterin Organisation): Ihr falle zu Berns nur ein Wort
ein: Delfintherapie.

Verwaltungsangestellte Silvia Kuhfuß (Qualitätsmanagerin,
gilt als Nachwuchstalent und high professional): Berns sei,
wie viele seiner Generation, alten Denkmustern verhaftet.
Als man den Bundesbeamten der ersten Führungsschicht
durch die ›Halbprivatisierung‹ endlich die Hosenträger abgeschnitten und die Schlappen ausgezogen habe, wäre Berns
wohl gerade Gassi gewesen. Er sei ein ewig gestriger, kon-
servativer Beamter alter Schule, der alles tue, um seine Macht
zu erhalten. Er ließe keine Gelegenheit aus, talentierten
Nachwuchskräften ihre vermeintlichen Grenzen aufzuzei-
gen und sie in ihrer Entwicklung zu blockieren. Berns fehle
jeder unternehmerischer Ansatz sowie das Verständnis für
notwendige innovative Reformen. Kleinste Neuerungen und
Veränderungen führten nach seiner Denke ins anarchisti-
sche Chaos. Alle Novationen würden von ihm laut beklagt
und kritisiert. Er sei insoweit Untergangsprophet mit Pen-
sionsberechtigung.

Verwaltungsangestellte Bettina Flacke (Finanzbuchhalterin):
Sie werde den Teufel tun und über eine Person wie Berns
ihre ehrliche Meinung sagen. Vor allem nicht, solange er
noch an der Macht sei. Seine Rachsucht gepaart mit einem
Elefantengedächtnis sei ja wohl allgemein bekannt.

Oberamtsrat Dieter Flacke (Fachgebietsleiter Grunderwerb,
Ehegatte von Bettina Flacke): Zu Typen wie Berns falle ihm
einfach nichts mehr ein. Jedenfalls gehöre dieser sicherlich
in die Behandlung eines erfahrenen Psychotherapeuten.

Verwaltungsangestellte Barbara Gersdorf (Berns' Vorzimmerdame, 26 Jahre!): Herr Berns sei ein prima Chef mit

einem ausgeprägten Sinn für Humor. Er verhalte sich ihr
gegenüber immer korrekt. Manchmal, wenn er besonders
gut drauf wäre und keine Mithörer zu befürchten seien,
singe er ihr Sequenzen aus Songs wie ›Skyfall‹ oder ›My
sweet Lollipop‹ vor. Manchmal dächten sie sich gemeinsam passende und dazu lustige Spitznamen für die Kollegen aus. Deshalb bitte sie, besonders diese Information
vertraulich zu behandeln. Wenn sie abends ihrem Mann
Episoden aus ihrem Arbeitstag mit Berns erzähle, lache
dieser mit und beglückwünsche sie zu so einem Vorgesetzten.

Verwaltungsangestellte Dr. Petra Müller (Leiterin Bewirtschaftung): Männer wie Berns seien leider selten geworden.
Er sei gradlinig und konsequent im Handeln, dabei trans-
parent und authentisch. Er wäre ihr jederzeit ein guter Vorgesetzter gewesen. Gerade in Notsituationen sei er immer
für sie da gewesen. Sie brauche nur an seine Hilfe in einer
für sie äußerst kritischen Situation zurückzudenken, als ihr
Mann unerwartet gestorben war und die Tochter schwer
erkrankte. Sie wüsste nicht, wie sie diese schwere Zeit ohne
Berns' Verständnis und Zuspruch hätte bewältigen können.
    Selbstverständlich sei sie sich bewusst, dass Berns auf-
grund seiner sehr eigenen Art viel Aggressionen auf sich
ziehe. Erfolg erzeuge nun mal in der deutschen Neid-
gesellschaft Missgunst. Gerade die junge Generation solle
erst mal das bringen, was Berns über Jahrzehnte geleistet
habe.

Ministerialrat Dr. Paul Großjohann (über längere Zeit Berns'
Vorgesetzter): Berns sei zu schlau, um klug zu sein.

Lassen wir das einfach mal so stehen. Es ist davon auszu-
gehen, dass die Einholung weiterer Einschätzungen uns
nicht wirklich weiterbringt.

Routine: Ermahnung

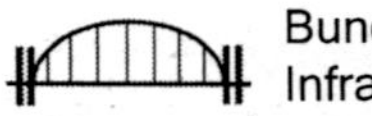 Bundesbetrieb für
Infrastruktur

Bundesbetrieb für Infrastruktur, Postfach 473012, 52303 Koblenz

Ansprechpartner:
Sven Schneider

Herrn
Regierungshauptsekretär
Guido Botler
Bundesbetrieb für Infrastruktur

Mornewegstraße 34
64285 Darmstadt

Messestraße 9
53114 Koblenz

Tel.: +49(0)261 4120-108 (oder -0)
Fax: +49(0)261 4120-101

Sven.Schneider@infrastruktur.de
www.bundesstruktur.de

GZ: MKOP-P1245-1303

Datum: 12. April 2015

- Entwurf -

Dienstverhalten in Personalangelegenheiten
Persönliche Unterredung am 2.4.2015

Sehr geehrter Herr Botler,

ich nehme Bezug auf das mit Ihnen geführte Gespräch am
2. April in Koblenz. Diesem Gespräch lag folgender Sach-
verhalt zugrunde:
Sowohl Ihr Fachgebietsleiter, Herr Reinhardt, als auch Sie
nutzen bei Anwesenheit am Dienstort Darmstadt dasselbe
Büro. Herr Reinhardt hatte bei einer seiner Dienstreisen nach
Darmstadt auf dem Schreibtisch dieses Büros versehent-
lich einen Aktenordner mit vertraulichen Daten zurückge-
lassen. Der Ordner enthielt u.a. Beurteilungsnoten und
handschriftliche Ergänzungen zu der letzten Regelbeur-
teilung des mittleren Dienstes.

Sie haben weder Herrn Reinhardt über den Verbleib des
Ordners unterrichtet noch den Ordner sichergestellt, um
den Inhalt vor Zugriffen Dritter zu schützen. Im Gegenteil,
Sie haben den Ordner eingesehen sowie – nach eigener
Einlassung – zumindest die dort vermerkte Beurteilungs-
note von Herrn Giller in einer Frühstücksrunde in Darmstadt den anwesenden Bediensteten preisgegeben und zum
Gegenstand eines Gespräches gemacht.
Als Beamter stehen Sie zum einen in einem besonderen
Dienst- und Treueverhältnis, zum anderen unterliegen Sie
im besonderen Maße der Verschwiegenheit über dienstli-
che Angelegenheiten. Im vorliegenden Fall haben Sie die
daraus für Sie resultierenden Dienstpflichten verletzt.
Ich ermahne Sie daher, zukünftig Ihren Pflichten ordnungsgemäß nachzukommen und weise Sie vorsorglich darauf
hin, dass Dienstpflichtverletzungen disziplinarrechtliche
Folgen nach sich ziehen können.
Positiv habe ich zur Kenntnis genommen, dass Sie sich zwischenzeitlich bei Herrn Giller für Ihr Verhalten entschuldigt
haben.
Dieses Schreiben sowie den gesamten Vorgang hierzu nehme ich nicht zu Ihrer Personalakte.

Mit freundlichen Grüßen
zU
(Berns)

OP 1245
be135243Botler

2. Durchschrift
RD Walter
Vorstehende Durchschrift übersende ich mit der Bitte um
Kenntnisnahme.
(Berns)

Kapitel 11

Kranzspende

Richtlinie Kranzspende

Berns erhält die Nachricht vom Tod Rudolf Wagenbergs nicht aus heiterem Himmel, nicht unvorbereitet. Alkohol und Tablettenabhängigkeit, Depressionen. In Frankfurt von einem Dach gesprungen.

Berns hat alles versucht, das Schlimmste abzuwenden. Hat für einen auf Wagenbergs Zustand speziell zugeschnittenen, leidensgerechten Arbeitsplatz gesorgt. Den sozialen Ansprechpartner in räumlicher Nachbarschaft platziert. Aufmunternde Gespräche durch eingeweihte Kollegen organisiert. Vergeblich. Einen wichtigen Kampf verloren. Alles nach hinten losgegangen. Wäre es nicht besser gewesen, mit harter Konfrontation zu arbeiten, anstatt sich durch ständig neue Zugeständnisse immer mehr in die Rolle der Co-Abhängigkeit drängen zu lassen? Wer wird es je wissen?

Die Niederlage schmerzt ihn fast so sehr wie Wagenbergs Tod, oder sogar noch mehr. Was tun? Krankmelden, sich zu Hause auf die Couch legen, langsam, aber sicher, volllaufen lassen und Bryan Ferry hören, ist keine Lösung.

Rettung aus Trübsal und Schwermut erfolgt dann von außen. Am Telefon wütet Wagenbergs Schwester. Berns pariert mit einer trockenen Auflistung der vollzogenen, gut gemeinten präventiven Maßnahmen. Ist, in die Verteidigungsposition gedrängt, endlich wieder in der Rolle des selbstbewusst Austeilenden. Dass all die Hilfeleistungen sich letztendlich als nicht erfolgreich erwiesen haben, hat er ja schließlich nicht zu verantworten. Hat sich denn die Schwester überhaupt genug gekümmert? Er bezweifelt das. Geschickt stößt er mit dieser Frage in eine Schwachstelle; die Schwester legt auf. Geschafft. Er ist wieder eingenordet.

Was bleibt sonst zu tun? – Todesanzeige und Kranz. Berns wühlt in seinem Ordner mit gesammelten beispielhaften Vorgängen, Vorlagen und Vorschriften, dem sogenannten ›Schwarzen Neger‹ (ganz früher) oder ›Faulen Knecht‹ (früher). Findet die einschlägigen Richtlinien in der letzten Fassung. Diese sehen für Kranzspenden in den Monaten Mai bis Oktober 98 €, für die anderen Monate 105 € vor. Einschließlich Nebenkosten. Gründe für diesen Unterschied sind Berns nicht bekannt. Eine Erhöhung hat in den Folgejahren trotz Steigerung des Lebenshaltungsindexes nicht stattgefunden. Berns empfindet das als ausgesprochenes Manko. Seiner Auffassung nach spart man hier am falschen Ende. Er wird diesbezüglich Vorschläge nach oben geben. Er würde gern mehr investieren dürfen.

Die Überschreitung der vorgenannten Summen ist laut Richtlinie allerdings ›eingehend‹ zu begründen. Dazu sieht sich Berns derzeit wirklich nicht in der Lage. Schachern und Feilschen, und so empfindet er die Forderung nach eingehender Begründung, sind jetzt unangemessen, ja sogar unwürdig. Der Suizid ist ihm doch zu nahe gegangen. Delegieren kann man den Fall nicht. Das ist Chefsache. Er beschwichtigt sein Gewissen damit, dass man ja zu Lebzeiten eine Menge für Wagenberg getan hat. Dieser hätte letztendlich einen solchen Aufwand in eigener Sache gar nicht gewollt (das weiß Berns doch überhaupt nicht!).

Da der Tod Anfang Mai eingetreten ist, datiert ihn Berns kurzerhand auf April zurück, brüstet sich mit diesem kleinen Betrug allerdings nur vor seinen engsten Mitarbeitern. So können wenigstens 105 € einschließlich Nebenkosten ausgegeben werden. Ein zugegeben schwacher Trost, immerhin besser als gar nichts.

Der Tag geht weiter ...

Berns erwartet den Vorsitzenden des Gesamtpersonalrats, Rainer Langenhorst. Im Vorzimmer röchelt die Kaffeemaschine unheilverkündend. Berns ist unwohl. Sein vor sich hin gemurmeltes: »Allen steht das Wasser bis zum Hals – nur nicht Rainer, der ist kleiner«, hilft da irgendwie nicht weiter.

Er fühlt sich Langenhorst unterlegen. Dieser hat zu viel von dem, was Berns nicht hat. Langenhorsts Krawatte im perfekten Windsorknoten, Berns' Schlips erinnert oftmals an den würgenden Strick eines Henkers, da er bis heute nicht gelernt hat, ihn richtig zu binden. Langenhorsts Anzüge, und er trägt ausschließlich teure, gut geschnittene Anzüge, sitzen perfekt. Was gar nicht nötig wäre, denn er sähe selbst in einer altmodischen oder schäbigen Strickweste ausgesprochen gut aus. Bei Berns ist der Jackettkragen öfter in Unordnung, das Hemd neigt zuweilen dazu, aus der Hose zu quellen. Berns' Schnürsenkel gehen immer mal wieder auf, Langenhorsts Schuhe könnten auf jeder Reklameseite prangen. Über Berns' Schalbindevarianten schweigt des Sängers Höflichkeit; Langenhorsts Schalknoten würde selbst Jogi Löw neidisch machen.

Als Langenhorst einmal verletzt war, trug er den rechten Arm elegant in einer Schlinge wie ein Ehrenzeichen. Warum ausgerechnet rechts? Das wäre doch ungeschickt. Ach ja, Langenhorst ist wie viele überdurchschnittlich begabte Menschen Linkshänder. Berns' Blessuren machen ihn ausnahmslos lächerlich. Wenn Pickel, dann prangen sie ostentativ sichtbar auf Nase oder Stirn. Schuppenflechte, Pigmentstörungen und Sonnenbrand sind so platziert, dass sie sofort ins Auge fallen und ihn fast räudig wirken lassen. Die Neigung zu Schluckauf und Reizdarm ist von jedem bemerkbar. Wegen seines zu Hochdruck neigenden Blutdrucks läuft Berns' Kopf bei Aufregung tomatenrot an.

Berns hat, bis auf seine Hochsensibilität, kein Gebrechen, das nicht nach außen deutlich sichtbar oder bemerkbar ist.

Langenhorsts Frisur ist glatt gescheitelt und liegt ohne

Hilfe eines Gels perfekt an. Berns' widerborstiges Drahthaar wirkt manchmal – so ein übel gesinnter Kritiker –, als hätte dieser gerade in eine Steckdose gefasst. Wen wundert es deshalb, dass Langenhorst auf Fotos klasse, Berns in der Regel einfach scheiße aussieht. Das führt sogar so weit, dass Berns den Internetveröffentlichungen der bei Bürofeiern, Betriebsausflügen, öffentlichen Ehrungen und anderen Festivitäten geschossenen Bildern immer mit einem gewissen Unbehagen entgegensieht.

Langenhorst wird nicht umsonst mit einem Wechsel zu bedeutenden Stabsaufgaben in der Zentrale in Verbindung gebracht. Natürlich direkt beim Vorstand.

Leute wie Langenhorst sind geborene Assistenten der Geschäftsleitung, Protokollführer, Empfangschefs. Füllen jede Uniform gut aus. Ob in Blau als Feuerwehrhauptmann oder Luftwaffenoffizier, als schwarzer Schornsteinfeger oder leider ebenso als brauner ›Goldfasan‹ machen sie ausnahmslos eine gute Figur. Sie gehen einen geraden Weg, der stets im Einklang mit dem herrschenden System steht. Ihr Handeln ist geradlinig und nicht mit kränkelnden Zweifeln belastet. Die dazu erforderliche Kraft schöpfen sie aus klaren Quellen, aus einem – zumindest nach außen hin – makellosen Familienleben, honorablen Hobbys und Engagements sowie anerkannte Sportaktivitäten, zum Beispiel Tennis oder Golf. Sie bewohnen weiße Einfamilienhäuser in Neubaugebieten am Stadtrand. Ihr Rasen ist grün und kurz gehalten. Ihr Mobiliar ist funktional, hell und leicht, die Bilder oft Drucke aus Bau- und Einrichtungshäusern. Leute wie Langenhorst sind heterosexuell, ihre Frauen von steriler Blondheit. Sie tragen ein schneeweißes Zahnpastadauerlächeln im Gesicht. Die Kinder, meistens ein Sohn und eine Tochter, sind hochbegabt und machen keine Probleme.

Möchte Berns nicht auch so sein? Manchmal wenigstens ein bisschen? Es fiele uns schwer, das nicht zu glauben.

Deutlich fordernd, aber nicht verletzend, trägt Langenhorst sein Anliegen vor. Aalglatte Sprache, perfekte Modulation, kein Versprecher, kein Suchen nach Worten, kein ›Äh‹. Erst jetzt kann Berns erstaunt den harten Zug um seine Mundwinkel wahrnehmen. Sogar an Typen wie Langenhorst gehen die Jahre wohl nicht spurlos vorbei. Berns weiß von Anfang an, wohin der Hase laufen soll. Hier soll ein Dienstposten ohne vorherige Ausschreibung besetzt werden. Natürlich mit einer der Personalvertretung nahestehenden Person. Hält die Stoßrichtung für völlig falsch, weiß aber ebenso, dass er nicht den Hauch einer Chance hat, zu blockieren. Reinlegen ist hier unmöglich, dazu ist Langenhorst einfach zu clever. Nicht nur Fairness, auch Unfairness muss man sich leisten können.

Nach Vorbringen seines Anliegens schaut Langenhorst ihn dezent lächelnd an. Berns ist in Versuchung, das glatt gescheitelte Haar seines Gegenübers zu zerraufen und in Unordnung zu bringen. Oder durch einen Schlag auf dessen Nase das makellos reine Hemd mit hässlichen roten Flecken zu versehen. Vielleicht sogar durch einen kräftigen Schwinger gegen den Unterkiefer Langenhorsts Zähne wie Popcorn …

Halt, halt und nochmals halt! Berns, stopp! Du steigerst dich wieder einmal in eine von uns nicht mehr akzeptable und unbeherrschbare Fantasiewelt hinein. Lebe dich woanders richtig aus, nicht an dieser Stelle. Sei artig! Bring die Sache lieber zu einem vernünftigen Abschluss!

Berns reißt sich also zusammen, verabschiedet Langenhorst in geheuchelter Kameradschaft. Hofft dabei auf ein nicht baldiges Wiedersehen. Weiß in diesem Moment genau, dass er in jeder Phase des Gespräches durchschaut wurde. Langenhorst verlässt den Raum ohne erkennbares Triumphgefühl. Kalt wie eine Hundeschnauze. Auch in Sachen Pokerface könnte sich Berns hier einiges abgucken.

Ihm widerfährt jetzt, was vielen Menschen in ähnlichen Situationen passiert: Er schwitzt vor Ärger. Bei Berns besteht beim Transpirieren folgende Besonderheit: Er schwitzt, (sagt man aus oder unter?) der rechten Achselhöhle mehr als aus/unter der linken. Berns glaubt sich erinnern zu können, dass das Transpirationsverhältnis zwischen linker und rechter Achsel vor längerer Zeit noch im Vergleich eins zu zwei einzuschätzen war. Im Verlauf der Jahre steigerte sich allerdings dann die Differenz von eins zu drei bis eins zu fünf. Berns vermutet mittlerweile bei einem Missverhältnis von eins zu sieben angekommen zu sein. Inkonsequenterweise ist er, sei es aus Starrheit oder Sparsamkeit, beim Deogebrauch bei einem Materialeinsatz von eins zu zwei geblieben. Das hat – von Berns unbemerkt -- zur Folge, dass er linksseitig praktisch geruchlos, rechtsseitig aber nicht ohne Ausdünstungen ist. In dieser Sache kundige Kollegen und Mitarbeiter nähern sich Berns deshalb wenn möglich von links.

Er beginnt, müde zu werden. Er fühlt sich alt. Bittet Frau Gersdorf um einen Kaffee, aber nicht aus der Besucherkanne, sondern so stark, ›dass der Löffel drin stecken bleibt und er Löcher in die Hose brennt‹.

Routine: Richtlinien Kranzspende

Bundesministerium für
Bauen, Infrastruktur
und Wohnungsfürsorge

BMBIW, 12014 Berlin

Hausanschrift:
Sengestraße 9-11
10469 Berlin

Tel.: 030 18641-5639
Fax: 030 18641-5630

Nachgeordnete Bundesbetriebe

E-Mail: D17@BMBIW.de

Verteilerliste

Internet: www.BMBIW.de

Bearbeitet von: Clemens

AZ: D117-213 862/4

Datum: 18. März 2009

Betreff: Richtlinien für Kranzspenden und Nachrufe
beim Ableben von Bediensteten

Hier: Nr. 3: Erhöhung der Kosten für die Kranzspende

Bezug: Rundschreiben in der Fassung vom 02.08.1991-
K II 14 - 412 641/6 (GMBL 1992 S. 601)

Rundschreiben in der Fassung vom 06.07.2003 -
K II 15 - 412 641 (GMBI 2004 S. 250)

Das Rundschreiben des BMBIW in der Fassung vom
02.08.1991, zuletzt geändert durch RdSchr. vom
06.07.2003, wird wie folgt geändert:

Ziffer 3 erhält folgende Fassung:

3. Die Kosten für die Kranzspende müssen sich unter Be-
rücksichtigung der örtlichen Verhältnisse in angemesse-

nen Grenzen halten. Für einen Kranz mit Schleife sollen einschließlich der Nebenkosten nicht mehr als 98 Euro in den Monaten Mai bis Oktober und 105 Euro in den anderen Monaten aufgewendet werden. Im Ausland werden die Höchstsätze um den Kaufkraftausgleich verändert; reichen diese Sätze nicht aus, so können sie in dem notwendigen Ausmaß überschritten werden; die Notwendigkeit der Überschreitung ist eingehend zu begründen. Bei Anwendung des Satzes 2 sind die jahreszeitlichen Verhältnisse des ausländischen Dienstortes zu berücksichtigen.

Die Änderung werden zum 01.04.2009 wirksam.
Dieses Rundschreiben wird im gemeinsamen Ministerialblatt veröffentlicht.

Im Auftrag
Clemens

KAPITEL 12

LINIE 66

Berns packt langsam seinen Kram für die Rückreise zusammen. Wieder den langen Weg vor Augen. Die Aussicht darauf macht lustlos, lähmt. Immer wieder Vorgänge für ein Aktenstudium einpacken, das niemals stattfinden wird. Warum zum Beispiel nicht einfach nach Bremen ziehen, wo sein Sohn studiert und seine besten Freunde wohnen? Ein ganz neues Leben ohne Rheinstrecke, ohne Akten anfangen.

Berns ist Weltmeister im Selbstbetrug. Räumt seinen Schreibtisch auf und glaubt dadurch, in eine neue Berufsphase einzutreten. Kopiert Unterlagen oder lädt sie irgendwo runter und denkt, damit die Inhalte verarbeitet zu haben. Tönt Anschnitte und Sätze in Dokumenten mit dem Textmarker gelb und hellblau (rosa kommt für ihn überhaupt nicht infrage) und redet sich ein, diese damit auch verstanden zu haben. Spitzt seine der Größe nach in der Schreibtischschublade geordneten vier Bleistifte (Härte 2HB, alle anderen Stärken fliegen in den Papierkorb) und erwartet allein dadurch, neue Impulse zu empfangen.

Wie ein Kind an den Weihnachtsmann glaubt Berns an eine übergeordnete, individuell ausgleichende Gerechtigkeit. Ist diese nicht zeitnah zu erwarten, ist er auf Korrekturen (von Berns kühn juristisch als ›Nothilfe‹ bezeichnet) angewiesen.

Wir können der Versuchung nicht widerstehen, beispielhaft die folgende Begebenheit, stellvertretend für hundert andere, auszuplaudern:

Neulich im Valdo. Genauer: Im Valdo-Süd. Er strebt mit gut gefülltem Einkaufswagen zur Kasse. Plötzlich vor ihm ein Hindernis. Ein mit nur drei Produkten spärlich befüllter Wagen versperrt den Weg. Die Besitzerin ist schnell ausfindig gemacht: Eine schrill angezogene, überschminkte Person.

Berns' Beobachtungen verstärken den sich aufdrängenden Verdacht: Hier hat jemand schon mal seinen Wagen in ›Poleposition‹ platziert, um noch hie und da – ach was bin ich ja so vergesslich – eine Ware nach der anderen nachzulegen.

Die Frau hat allerdings ihre Rechnung ohne den Spielverderber Berns gemacht. Dieser handelt spontan, dafür mit nachhaltiger Wirkung. Ein kleiner Schubs, und der Wagen beschreibt eine formlose Linkskurve gen Norden – weg von der Kasse, mehr so in Richtung Klopapier, Küchenrolle, Rohr- und WC-Reiniger, wo seine Besitzerin wahrscheinlich auch besser hinpasst.

Die umstehenden Miteinkäufer nehmen das teilweise erschrocken, in Mehrzahl aber zustimmend zur Kenntnis. Sofort ist die ›Person‹ präsent und zetert, was das solle, ihren Wagen ›so brutal‹ zur Seite zu befördern.

Mit Berns, der anfängt, die Situation zu genießen, geht mal wieder seine Fantasie durch. Er könnte ihr nun erklären, warum er keineswegs brutal gehandelt habe. Dass der Einkaufswagen sehr gerne einmal einen Abstecher in nördlicher Richtung mache, weil er endlich mal aus der Enge von Valdo-Süd entfliehen will. Vielleicht ist er sowieso ein Valdo-Nord-Einkaufswagen und nur durch ein dummes Speditionsversehens hier in dem ihm fremden Süden gelandet. Vielleicht sehnt er sich ja nach seiner wahren Heimat, einem landschaftlich schön gelegenen Sortimenter im Valdo-Nord-Territorium. Vielleicht hätte er sich auch ohne Berns' Hilfe auf den Weg gemacht, wenn er einen Euro zur Verfügung gehabt hätte, um sich von der Kette frei zu machen.

Berns und brutal? Brutal sei vielmehr eine Gesellschaft, die unschuldige Einkaufswagen ankette und bei Wind und

Wetter leiden lasse, bis irgendein blöder Valdo-Käufer die Monotonie durch ein liebloses Auffüllen mit überflüssigem Kram unterbricht. So würde er gern ausschweifend argumentieren, aber außer seiner Frau, die verurteilt ist, Tag für Tag mit solchen Fantasien (oder besser Hirngespinsten?) zu leben, versteht das leider niemand.

Berns handelt also konventionell. Mauert sich auf. Wirft sich in seine Einhundert-Kilo-Vorgesetztenposition und brüllt ziemlich laut: »So weit kommen wir noch, dass jeder einfach die Kasse blockiert! Wir sind nicht auf dem Ballermann! Nächstens werden die Plätze vor der Kasse womöglich mit Handtüchern belegt. Mit uns nicht! Und überhaupt!«

›Und überhaupt‹ gibt ihr den letzten Rest. Das zieht in Deutschland, denn ›überhaupt‹ hat hier niemand etwas zu wollen. Die Leute, die sich mittlerweile um die beiden gesammelt haben, sind jedenfalls fast alle auf Berns' Seite. So bestätigt, setzt dieser noch einen drauf und schreit: »Wenn Sie sich nicht anstellen wie wir alle, werde ich mich beim Geschäftsführer dafür einsetzen, dass Sie Filialverbot erteilt bekommen!«

›Filialverbot‹, das ist in der Tat viel besser als ›und überhaupt‹. Spätestens jetzt hat Berns alle auf seiner Seite.

Die ›Person‹ gibt sich der Übermacht geschlagen und verzieht sich mit »Das ist ja wirklich unerhört« nach hinten.

Niemand kann von uns verlangen, diese Geschichte positiv zu kommentieren. Wir wissen jetzt, warum Berns' Frau nicht mehr mit ihm einkaufen geht.

Wie gesagt, für Aktenstudien auf der Rückfahrt ist er einfach zu müde, zu ausgelaugt. Selbst die lauesten literarischen Ergüsse oder die primitivsten Kreuzworträtsel sind nicht mehr zu bewältigen. Er schläft dann lieber oder dämmert wenigstens vor sich hin. Eben ein typischer Kurzstreckenläufer. Seine Kondition lässt in jeder Beziehung zu wünschen übrig.

Schon beim Schulsport wurde seine absolute Untauglichkeit für Lang- und Mittelstrecken offensichtlich. Sportarten, die kurzfristige Kraft- und Konzentrationsleistung erfordern, waren seine Sache. Weitsprung und Sprint gelangen gut. Trotz seines mageren, ja zurückgebliebenen Jungenkörpers konnten seine Leistungen im Kugelstoßen überzeugen. Im Sportverein war Judo die geeignete Disziplin, weil die Mobilisierung von kurzfristigem Kraftaufwand Berns entgegenkam. Hielt der Gegner allerdings seinen anfänglichen heftigen Attacken stand, war der Kampf oft verloren, da Berns sich rasch verausgabt hatte.

Im Berufsleben agiert Berns oftmals zu hastig und übereilt. Verliert in Besprechungen bei langatmigen Ausführungen und endlosen Diskussionen rasch die Geduld. Aggressiv, impulsiv austeilend, das Wort an sich reißend, versucht er Verhandlungen zu beschleunigen. Dass sich dabei Verhandlungspartner oft überrumpelt und über den Tisch gezogen fühlen, nimmt Berns billigend in Kauf. Die Schonung seines Nervensystems ist ihm wichtiger. Abwarten ist nun mal nicht seine Stärke.

Schnell gelangweilt liest Berns in der Regel nur die Überschriften der Zeitungsartikel. Das Studium von umfangreichen und meistens dazu klein gedruckten Bedienungsanleitungen und Beipackzettel lehnt er ab.

Dass er Pflanzen ertränkt oder zu Tode düngt, ist zwangsläufige Folge seiner Ungeduld und soll vollständigkeitshalber nicht unerwähnt bleiben. Am liebsten würde er sich direkt neben sie setzen und das Wachstum vorantreiben.

Berns vermutet die Ursache in seiner Über- oder Hochsensibilität. Ist nicht von der Bauart einer Teflonpfanne, an der alles abtropft. Ist nicht verpanzert. Erfüllt nach einem Selbsttest (übers Internet) vielmehr alle Komponenten für eine ›Highly Sensitive Person‹: ist leidenschaftlicher, hat ein erhöhtes Schmerzempfinden, ist Perfektionist im Beruf, hat den sechsten Sinn, ist ein Chamäleon, leidet unter einem Helfersyndrom, hat Panikattacken, lässt schnell nach.

Berns nimmt jede Schwingung seines Gegenübers wahr, kann dessen innerste Gefühle erahnen. Seine Gedanken nehmen vorweg, was gesagt, was getan werden wird. Ist das Fluch oder Segen? Ist er Auserwählter oder Bestrafter, beglückt oder verdammt? Er durchwandert Höhen und Tiefen, ist überglücklich und fünf Minuten später todtraurig. Wechselt von Aggressionsanwandlungen zu Panikattacken. Mutiert von einem Blut wie Wasser verschüttenden Barbaren zur zarten Mimose. Wird mit Medikamenten behandelt, die nur wenig lindern. Benötigt einen engmaschigen Filter, einen lichtschluckenden Dimmer direkt im Kopf.

Weint bei Paul Celans Todesfuge ›Schwarze Milch der Frühe [...] dein goldenes Haar, Margarete, dein aschenes Haar, Sulamith [...] der Tod ist ein Meister aus Deutschland.‹ Ebenso bei Bertold Brechts Kinderkreuzzug ›In einem zerschossenen Hofe kämmte sie ihm sein Haar.‹

Hat dabei, und das können wir und wollen wir nicht verschweigen oder gar unter den Tisch kehren, leider auch sentimentale Anwandlungen bei weniger hochwertigen Werken. So kommt es vor, dass seine Augen bei den Liedern ›Die Stadt‹ der Gruppe Klee oder ›In einem kühlen Grunde‹ gesungen von Hermann Prey feucht werden. Schlimmer noch bei Rod Stewarts ›First cut is the deepest‹ und ›Maggie May‹. Das gehört nun einmal zu Berns, ist Ausdruck seines charakteristischen Gefühlslebens. Er ist einfach schrecklich sentimental. Uns steht es allerdings nicht zu, für seine Stimmungslagen Wasserstandsmeldungen abzugeben, noch weniger seine Hochsensibilität zu kritisieren.

Berns ist einer ständigen Reizüberflutung ausgesetzt. Der kleinste Eindruck brennt sich wie Säure in seine Gehirnwindungen ein. Zur gründlichen und vollständigen Verarbeitung ist der Tag zu kurz. Er muss die Nacht hinzunehmen, um die vielfältigen Eindrücke verarbeiten zu können. Träume müssen dafür herhalten und reichen doch nicht aus, klarzukommen. Freudstudien helfen ihm nicht weiter. Für Flachdenker, die ihm raten, die Träume sofort schriftlich zu dokumentieren, hat Berns nur ein müdes Lächeln. Die ganze Nacht wäre zum Teufel und Berns braucht mindestens sieben Stunden Schlaf. Um Beamtenwitzen vorzubeugen, ergänzen wir hier sicherheitshalber das Wort Schlaf zu Nachtschlaf.

Berns' Träume aufschreiben und dann analysieren. Ein Ding der Unmöglichkeit! Er träumt, wie es nur eine überspannte und überforderte Psyche vermag. So hilft er einem von ihm gehassten Ministerialrat ohne Kopf über die Straße, er selbst trägt dabei Krücken. Er liegt in einer Schneewehe hinter seinem MG und freut sich, dass die Stukas schon da sind. Er sammelt von ihm lange gesuchte, seltene Elastolin-Figuren im Bug eines Luxusliners auf, der gerade anfängt zu sinken, und wird damit nicht fertig. Er prallt mit zweihundert Kilometer Geschwindigkeit am Steuer eines Kipplasters auf einen Elefanten und wundert sich überhaupt nicht, dass er und der Dickhäuter unverletzt geblieben sind. Er packt einen kleinen Koffer in einem mit einer Unzahl von Klamotten gefülltem Zimmer und bekommt ihn einfach nicht voll. In ein Bundesligateam berufen, bemerkt er erst beim Einlaufen in das bis auf den letzten Platz ausverkaufte Stadion, dass er als Einziger in der Mannschaft kein Trikot trägt.

Sein Unterbewusstsein ist ständig mit Traumbildkombinationen, besser Traumbildkompositionen beschäftigt. Eine bei der Morgentoilette mit halbem Ohr wahrgenommene Radionotiz über Roman Polanski und eine am Abend beim Durchblättern einer historischen Abhandlung mehr zufällig ins Auge gefallene Teufelsabbildung ergeben folgendes Traumerlebnis: Berns zieht mit Rosemaries Baby in einem rot-grünen Kinderwagen durch die Fußgängerzone von Köln-Nippes. Der Säugling wird trotz seiner Hässlichkeit – verzerrte Fratze, Hörner und Pferdefuß – von vorübereilenden Passanten mit Sourcreme-Chips aus rot-grüner Verpackung gefüttert (Berns hatte sich am Nachmittag aus Frust über eine Entscheidung der Zentrale eine ganze Tüte davon einverleibt). Und so weiter und so weiter. Fünf weitere Bilder dieser Art und eine einzige Traumsequenz ist gelaufen. Wacht dann morgens abgekämpft, erschöpft und ein wenig erschrocken auf.

Wir fragen besorgt: Wie lange wird Berns das aushalten können?

Beobachtungen ritzen sich in seine Gehirnrinde ein, können nie mehr gelöscht werden, lassen ihn auch tagsüber immer weniger abschalten oder zur Ruhe kommen.

Heute muss Berns zum Beispiel dauernd an seine gestrige morgendliche Hinfahrt zum Hauptbahnhof Bonn mit der Stadtbahn Linie 66 denken. Auf der anderen Seite ein fast leerer Bahnsteig. Da sind die drei Mädchen, seit vier Wochen ständige Gegenüber, wohl seitdem um die Ecke die neuen Sozialwohnungen fertig geworden sind. Die dralle Dicke wie ein junger fetter Buddha mit gekreuzten Beinen im Schneidersitz auf der Bank thronend. Weiter zwei sehnige, eher zu magere nervöse Biester, eine blond, eine braun. Gute Figuren, aber jetzt schon alte, verlebte Gesichter bei diesen schätzungsweise fünfzehn- bis siebzehnjährigen Kindern. Untereinander mal in umarmender, herziger Stimmung, mal zickig, zänkisch sich rau beleidigend bis zur Androhung körperlicher Gewalt.

Grund zum Streiten gibt es regelmäßig, um Geld, Jungens, Handys und Zigaretten, die mehr verschlungen als geraucht werden. Total verwahrlost. Wie muss nur deren Elternhaus aussehen?

Jemand müsste sich um euch kümmern, denkt Berns. Euch muss man irgendwie helfen, sonst wird das nichts. Sonst geht das den üblichen Weg: Gettowohnung, prügelnde Lebenspartner, Alkohol, Drogen und dann irgendwann Knast, Strich oder was weiß ich denn. Oder muss es euch einfach geben, wie es euch immer gegeben hat. In den

Slums von Theben beim großen Pharao, in der berüchtig-
ten Subura-Altstadt im antiken Rom, in Bonn-Tannen-
busch oder irgendwo anders in Deutschland in grauen
Blocks nahe der städtischen Kläranlagen. In den sogenannten ›Sauställen‹ in Darmstadt oder der Zwerchallee in
Mainz. Er weiß es doch auch nicht. Da läuft ihre S-Bahn
Richtung Bad Honnef ein. Berns fährt in die andere Richtung.

Er verlässt nun endgültig sein Büro und trottet erschöpft
zum Bahnhof. Dieser Tag hat ihn ganz schön geschafft. Jetzt
steht nur noch die Rückfahrt an.

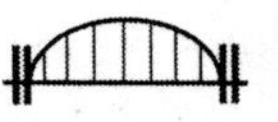 Bundesbetrieb für
Infrastruktur

Bundesbetrieb für Infrastruktur, Postfach 473012, 52303 Koblenz

Ansprechpartner/in:
Alexa Brömme

Frau

Frauke Kielmann

Mauerstr. 38

58071 Koblenz

Messestraße 9
53114 Koblenz

Tel.: +49(0)261 4120-118 (oder -0)
Fax: +49(0)261 4120-101

Alexa.Broemme@infrastruktur.de
www.bundesstruktur.de

GZ: MKOP-P2319-1920

- Entwurf -

Datum: 18. September 2015

Ausbildung im Bundesbetrieb für Infrastruktur
– Niederlassung Koblenz –
Berufsausbildungsvertrag Nr. 458785/1 vom 12.07.2013

Abmahnung

Sehr geehrte Frau Kielmann,

anlässlich des mit Ihnen am 25.02.2015 in Anwesenheit von Herrn Weber und Frau Solzbach geführten Gespräches wurde Ihnen folgendes Fehlverhalten vorgehalten:

Sie sind an 23.02.2015 unentschuldigt dem Dienst ferngeblieben.

Gemäß § 4 (Pflichten des Auszubildenden) Abs. 8 Ihres Ausbildungsvertrages (Benachrichtigung) sind Sie dazu verpflichtet, bei Fernbleiben von der betrieblichen Ausbildung,

vom Berufsschulunterricht oder von sonstigen Ausbildungs-
veranstaltungen dem Ausbildenden unter Angabe von
Gründen unverzüglich Nachricht zu geben.

Im Rahmen Ihrer bisherigen Ausbildung sind Sie bereits
mehrfach auf diese Pflicht hingewiesen worden. Mehrmals
wurde Ihnen die interne Verfahrensweise beim Fernbleiben
vom Dienst für die Beschäftigten des Betriebes für Infrastruktur – Niederlassung Koblenz – erläutert. Danach muss
jegliches Fernbleiben vom Dienst oder der Berufsschule
aufgrund Erkrankung, Unfall oder sonstiger Gründe unverzüglich, d. h. bis 09:00 Uhr, der Personalstelle im Haus
gemeldet werden (Frau Keil Tel. Nr. 0261/4120 141, Frau
Messner Tel. Nr. 0261/4120 198 oder Herr Jakobi Tel. Nr.
0261/4120 245). Sollte aus irgendwelchen Gründen die
Personalstelle nicht erreichbar sein, so ist dem unmittelba-
ren Vorgesetzten (Ausbilder am Arbeitsplatz, Klassenlehrer
oder Sekretariat der Schule) Anzeige zu erstatten, der die
sofortige Unterrichtung der Personalstelle veranlasst.

Dieser Verpflichtung sind Sie nicht nachgekommen.

Sie sind daher unentschuldigt dem Dienst ferngeblieben.
Ihr Verhalten stellt somit eine erhebliche Verletzung Ihrer
Pflichten aus dem Ausbildungsverhältnis dar.

Ich bin zukünftig nicht mehr bereit, Fehlverhalten Ihrerseits
zu tolerieren und weise darauf hin, dass Sie im Wiederho-
lungsfall arbeitsrechtliche Konsequenzen bis hin zur fristlo-
sen Kündigung des Berufsausbildungsverhältnisses nach
§ 22 Abs. 2 Nr. 1 Berufsbildungsgesetz zu erwarten haben.

Ich beabsichtige, vorstehende Abmahnung in die Personalakte aufzunehmen.

Mit freundlichen Grüßen
(Berns) <u>OP 1215 / OP 1203</u>

2. Frau Kielmann persönlich ausgehändigt am:
3. OP 124306 bitte in Personalakte aufnehmen

KAPITEL 13

INTERREGIO

Pünktlich, das heißt für einen Mann wie Berns, zehn Minuten vor der fahrplanmäßigen Abfahrt, erreicht er den Koblenzer Hauptbahnhof. Er könnte genauso gut von dem mit der Bundesgartenschau 2011 eingerichteten Haltepunkt Stadtmitte (Kosten angeblich siebzehn Millionen) die Rückreise antreten. Dieser ist ihm allerdings zu neu, zu funktional, zu unsympathisch. Fühlt sich dort einfach unwohl, empfängt ›bad vibrations‹ (er meint ›negative vibrations‹). Er fährt also lieber Hauptbahnhof. Umschifft dort einen querlaufenden Verkäufer der Obdachlosenzeitung, entzieht sich der Ankaufsverpflichtung oder fakultativen Spende, indem er intensiv in die andere Richtung schaut. Immerhin verfügt Berns durch jahrelange Pendelei und zahlreiche Dienstreisen über einen beachtlichen Sachverstand zur Einordnung der vielfältigen Bettlertypen (sicher kein schönes Wort, aber leider fällt ihm oft kein geeigneteres ein). Er hat schließlich mehr als genug Zeit für diesbezügliche Studien zur Verfügung gehabt. Dafür hat die Bahn AG gesorgt. Berns behauptet gerne spaßhaft, er habe durch Verzögerungen im Betriebslauf oder sonstige Störungen so viel Zeit auf Bahnhöfen verbracht, dass sein Lebenslauf gefährliche Lücken aufweise. Wir finden diese Feststellung ganz witzig.

Was hingegen die Bettelsituation in Fußgängerzonen angeht, verfügt er über keine nennenswerten Erfahrungen und will sich deshalb zu diesem Problem nicht äußern. Aber das tut jetzt nichts zur Sache.

Berns gibt jedenfalls Obdachlosenzeitungsverkäufern nie etwas. Das Blatt interessiert ihn absolut nicht, weil es ihn in der Aufmachung zu sehr an eine Tageszeitung erinnert. Im Übrigen glaubt er in der Aufnahme in das Vertriebssystem eine gewisse – wenngleich unzureichende – Abfederung der Verkäufer zu sehen. Für die tut schon jemand etwas, sagt sich Berns.

Weiter leer ausgehen Fahrgeldschnorrer, denen gerade mal ›zwei Euro fuffzig‹ für eine Fahrkarte von X-Stadt nach Y-Stadt fehlen. Für ihn, der ja selbst gerne einmal trickst und täuscht, ist diese Masche schlicht zu fantasielos, zu platt.

Nicht bedient werden außerdem Leute mit unangebracht hohen Forderungen (das sind für ihn Beträge, die über ein Euro zwanzig hinausgehen). Die findet er regelrecht unverschämt.

Gibt Berns Bedürftigen grundsätzlich keine Almosen? Ist er nur ein unbarmherziger Geizkragen? Diesem sich aufgrund der vorherigen Ausführungen zu Recht aufdrängenden Eindruck müssen wir in aller Deutlichkeit entgegentreten. Wir verlassen also jetzt besser die negative Aufzählung der Nichtbedachten und widmen uns lieber der Gruppe der Zuwendungsempfänger, der Berns gerne, so paradox das möglicherweise klingt, mit vollem Herzen gibt.

Diese Leute ›filzen‹ Mülleimer und Abfallbehälter nach Pfandflaschen und -dosen. Scheu, schamhaft mit schemenhaften Bewegungen geht diese Tätigkeit gleichsam im Geheimen vonstatten. Jeder nur streifende Blick wird von den so Arbeitenden als unangenehm entlarvend empfunden. Wir sprechen in diesem Zusammenhang bewusst von ›Arbeit‹ und sehen Berns mit dieser Definition natürlich auf unserer Seite. Hier ist jemand zu stolz, um zu betteln. Hier bewahrt sich ein aus der Bahn Geworfener einen Rest Menschenwürde. Hält sich damit unter Umständen gerade mal so über Wasser. Verdient sich gegebenenfalls zu den unzureichenden staatlichen Zuwendungen ein bisschen dazu. Rührt sich, kämpft, agiert. Berns jedenfalls findet sich hier wieder. Wie verhält sich die Bahn AG? Hilft sie, fördert sie diesen Eifer, der ihr ja Entsorgungskosten erspart? Leider mitnichten. Ihre Hausordnung verbietet das Durchsuchen von Abfallbehältern. Die Hausordnung beginnt mit den Worten: »Wir möchten, dass alle unsere Gäste sich wohlfühlen.«

Aha, denkt sich Berns, die Verzögerungen im Betriebsablauf folgen also doch einer Strategie. Um die Wohlfühlzeiten für die Fahrgäste fürsorglich zu verlängern, dehnt man die Verweildauer auf Bahnhöfen durch geschickt getimte Verzögerungen im Betriebsablauf und andere Unregelmäßigkeiten aus. Die weiter angeführten Sauberkeitsgründe ziehen bei Berns nicht. Er hat nämlich noch nie feststellen können, dass beim ›Filzen‹ Müll auf den Boden fällt. Trotzdem wird das Durchsuchen von Abfallbehältern von besagter Hausordnung kriminalisiert, in eine Kategorie mit ›Versperren von Rettungs- und Fluchtwegen‹ eingeordnet.

Eine tolle Aktion hat wohl – Berns erinnert sich nicht mehr so genau – eine Hamburger Initiative ›Pfand gehört daneben‹ ins Leben gerufen. Man soll Pfandflaschen und -dosen nicht in die Tonne werfen, sondern daneben, darunter oder darauf platzieren. So muss niemand mehr im Müll stöbern und beispielsweise gegen die heilige Hausordnung der Bahn AG verstoßen. In Bonn und Koblenz ist dies oder Vergleichbares nach Berns' Kenntnisstand bisher nicht angestoßen worden.

Er nähert sich den ›Müllbuddlern‹ stets mit außerordentlicher Vorsicht, wie auf Katzenpfoten. Will weder erschrecken noch demütigen. Möchte nicht gönnerhaft oder gnädig erscheinen. Er spricht sie also beiläufig – dem Ton nach so in Richtung der Erörterung von Wetteraussichten – an. Fragt im unverfänglichen Plauderton, ob er vielleicht mit drei Euro unter die Arme greifen dürfe (drei Euro von einem Mann, der in anderen Fällen eine über ein Euro zwanzig hinausgehende Forderung als unverschämt betrachtet!). Schnell hat er die Münzen den Männern (und es waren bisher ausschließlich Männer) in die Hand gedrückt, um möglichen Widerstand im Keim zu ersticken. Erntet dafür Blicke, die ihm recht lange zu schaffen machen. Wie kann man diese Blicke einordnen? Eine Mischung aus Scham, Hilflosigkeit, Ertapptsein und Dankbarkeit? Berns jedenfalls bekommt keine treffende Beschreibung hin.

Auch wir werfen hier das Handtuch, sind am Ende mit unserem Latein. Wenden uns deshalb ein bisschen verlegen dem weiteren Handlungsablauf zu: Berns' Heimfahrt. Der Zug läuft nämlich pünktlich auf Gleis acht ein.

Ja, es gibt sie tatsächlich, die alten Interregio-Wagen der Deutschen Bahn. Berns nutzt sie gerne, viel lieber auf der Rückfahrt als auf der Hinfahrt. Bei Abfahrt von Gleis acht in Koblenz ist der letzte Wagen meistens nur spärlich oder überhaupt nicht besetzt. Er hat dann nicht nur ein eigenes Abteil, sondern oftmals den gesamten Wagen für sich allein. Welches Abteil er für sich in Besitz nimmt, entscheidet er nach Bauchgefühl und Tagesform. Nur Kenner wissen, dass die Abteile nie völlig gleich sind. Berns schließt die unhandliche Abteiltür sehr schnell und nimmt in Fahrtrichtung Platz. Sofort umgibt ihn der Plastikcharme der späten Achtzigerjahre. Fünf Kunststoffsitze und ein kleineres Plastikpodest (Kindersitz oder Kofferablageplatz?) stehen zur Verfügung. Zwei Spiegel mit etwas mehr als Postkartengröße an der Stirnseite verleiten ihn, rasch zum Kamm zu greifen. Der Abteilboden ist stumpfgrau und fleckig. Billig wirkende, hechtgraue, mit einem einfachen Muster bedruckte Vorhänge vervollständigen den Gesamteindruck.

In der Gepäckablage warten ein DB Mobil-Magazin und eine alte Zeitung darauf, gelesen oder weggeworfen zu werden. Berns lässt das schwergängige Schiebefenster zwecks Luftzirkulation nur einen kleinen Spalt geöffnet, um das langsam einsetzende Gefühl der Geborgenheit nicht zu beeinträchtigen. Nun ist er endlich sicher aufgehoben in seinen eigenen vier Wänden, in seiner Wohnung, seinem Asyl, seiner Zuflucht, seiner Höhle. Endlich unter Dach gebracht. Er schließt die Augen, wird Teil seines schmuddeligen Nests, dessen Zugänge mit Dornenhecken und Stacheldraht sicher verstellt sind. Rollt sich quasi körperlich und geistig zusammen. Die Umgebung wird unschärfer, löst sich langsam auf. Berns ist versponnen in einem Kokon, ist als Fötus zurückgekehrt in den Mutterleib und pendelt entspannt und sorglos im Fruchtwasser hin und her. Er stellt sich vor, an einem verschneiten Weihnachtsabend im menschenleeren Koblenzer Hauptbahnhof allein in dicke Decken gehüllt vor dem geschlossenen Zeitschriftenladen zu liegen und langsam wegzudämmern. Berns schläft ein. Frieden umfängt ihn. Der Tag ist vorbei. Der morgige wird ähnlich verlaufen ...

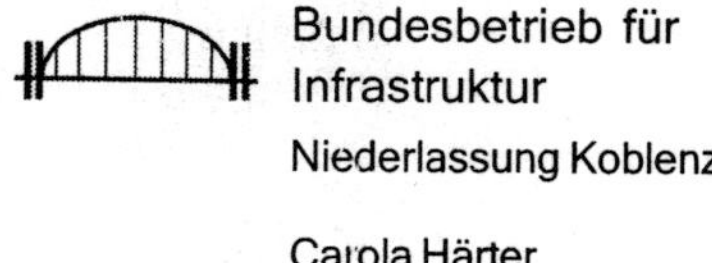

Bundesbetrieb für
Infrastruktur

Niederlassung Koblenz

Carola Härter

Erklärung

In der Urkunde anlässlich meines Ausscheidens aus dem Bundesbetrieb für Infrastruktur soll die nachfolgend angekreuzte Dankesformel vorgesehen werden:

O   Für die dem deutschen Volke geleisteten treuen Dienste spreche ich ihr Dank und Anerkennung aus.

O   Für die der Bundesrepublik Deutschland geleisteten treuen Dienste spreche ich ihr Dank und Anerkennung aus.

O   Für die geleisteten Dienste spreche ich ihr Dank und Anerkennung aus.

____
Ort, Datum

____
Unterschrift

Kapitel 14

Ausstieg

Berns und immer wieder Berns. Berns und kein Ende?

Doch, wir verlassen dich jetzt. Lang genug, wenn auch nur über einen Tag, haben wir deinen Lauf im Hamsterrad, deine Erinnerungen und Gefühle begleitet. Zugegeben, es ist uns nicht immer leichtgefallen. Lass uns mit deinen Problemen fortan gefälligst in Ruhe. Du wirst stets ein Getriebener und Treibender bleiben. Wir wünschen dir dennoch alles Gute.